小嗝嗝．何倫德斯．黑線鱈三世想平平靜靜地過生日。

可是小嗝嗝的爸爸為了證明毛流氓和沼澤盜賊一樣擅長偷盜，決定要偷走《**馴龍新手指南**》這本書——問題是，書已經被小嗝嗝的狩獵龍沒牙**吃掉**了！

這時，神楓建議小嗝嗝去可怕的傻瓜公立圖書館再偷一本書，小嗝嗝覺得這是個好點子……

這才不是好點子！

他們得面對毛骨悚然圖書館員、四百個殘酷傻瓜戰士，**還有**他們養的鑽孔龍……

小嗝嗝能活著回來嗎？還是他會在生日當天**死翹翹**？

書末收錄龍語辭典

和小嗝嗝一起展開冒險吧

（雖然他還沒發現自己已經開始冒險了……）

失落的王之寶物預言

「龍族時日即將到來，

只有王能拯救你們。

偉大的王將是英雄中的英雄。

集齊失落的王之寶物者，將成為君王。

無牙的龍、我第二好的劍、

我的羅馬盾牌、

來自不存在之境的箭矢、

心之石、萬能鑰匙、

滴答物、王座、王冠。

最珍貴的第十樣，

是能拯救人類的龍族寶石。」

這本書獻給福蘭西斯科

感謝喬伊・達弗斯的插畫，
也感謝賽門給我的一切。

HOW TO TRAIN YOUR DRAGON

馴龍高手 VI

・危險龍族指南・

A Hero's Guide To Deadly Dragons

克瑞希達・科威爾
Cressida Cowell

目錄

凶殘部族的「偷襲」船
無情部族的船
危險凶漢部族的偵查艇
熔岩粗人部族的船
醜暴徒部族奴隸船（快逃往山區）
北島
永恆崖
狂戰部族的船
內海
死亡之隙海峽
不朽崖
傻瓜部族墓園
傻瓜公立圖書館
（暫不對外開放）
忘我島
南島
傻瓜村
尖尖角
食人島
傻瓜部族的船
傻瓜雙島

毛流氓部族的船
博克島
卡利班洞穴群
（沒事勿近）
無法登陸之灣
骷髏頭
海角
毛流氓村
野龍崖
瘋之谷
制高點（最近被焚毀）
毛流氓港
長灘
黑心灣
小小群島
瑪瑙貝海灘
歇斯底里部族
的船
海鸚
角
泛厄群島
流浪者部族
的船
流放者部族
的船
痛揍蠢貨部族
的船
沼澤盜賊部族
的船
維西暴徒部族
的船

虛無島
凍結的無名島
會動的冰之島
冰谷
冬季寒風
陰森鬍絕望島
維西暴徒部族領土
蠻荒群島
尖頭龍島
痛揍島
海鸚群島
乖戾海
寂靜島
惡徒島
沼澤盜賊群島
索爾之怒海峽
歐斯底里島
熔岩粗人島
香沒島
（小心嘶牙龍出沒）
危險凶漢的牢獄
香沒之沙

開放海域
天葬之地
凶殘山
凶殘群山
（巨無霸海龍、末日牙龍與闇息龍
等大怪獸的居住地）
強盜灣
英雄末路
礁島戰士部族領地
礁島
美洲在這個方向
（前提是它真的存在）
夏季洋流
明日島

幽靈沼澤
索爾之雷峽谷
N
E
S
W
大陸
閃燒
劍鬥術學院
血流灣的
龍族孵蛋地
火焰林
醜暴徒
奴隸國
（來者，絕望吧）

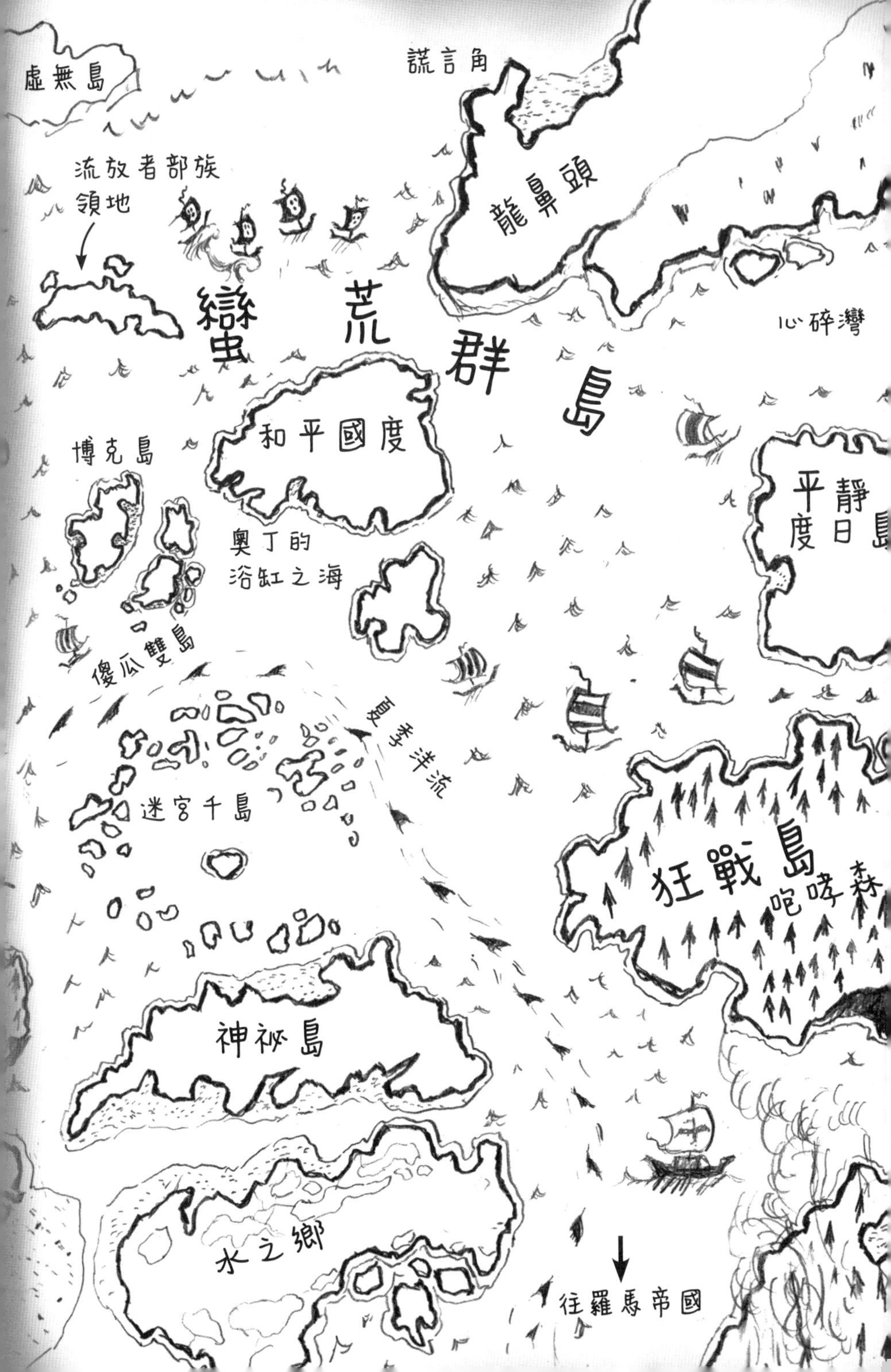

虛無島
謊言角
流放者部族
領地
龍鼻頭
蠻荒群島
心碎灣
和平國度
博克島
平靜度日島
奧丁的
浴缸之海
傻瓜雙島
夏季洋流
迷宮千島
狂戰島
咆哮森
神祕島
水之鄉
往羅馬帝國

這是小嗝嗝的龍，

沒牙

牠是大家看過最小的狩獵龍，而且嘴裡一顆牙齒也沒有，但牠的牙齦硬邦邦的，咬人還是非常痛。如果牠趁你不注意時把你盤子裡的黑線鱈偷走，你試著搶回來，就會發現被沒牙咬有多痛了。

絕對不可以試著把黑線鱈搶回來，當你哪天想鬥劍或彈豎琴，就會發現還是保有十根手指比較好。

有時候，小嗝嗝會暗想，如果沒牙是體型龐大的猛烈凶魘，那該有多好……但你別跟沒牙說。

這位是

小嗝嗝・何倫德斯・
黑線鱈三世，
毛流氓部族未來的
希望與繼承人

小嗝嗝是維京人，今年是他參加海盜訓練課程的第一年，同學們都覺得自己像在坐牢，差別在他們可以使用武器，而且食物**真的很噁心**。

維京人是海上霸主、文明的剋星，更是北方的野蠻戰士。

但現在的小嗝嗝說不上是海上霸主、文明剋星或野蠻戰士，他只覺得全身溼答答的很不舒服。

博克島常常下雨。

你知道嗎？**龍語**有一百零一個形容「雨」的詞彙喔。

小嗝嗝**每一個**都瞭若指掌。

瓦爾哈拉瑪

小嗝嗝的母親是位大英雄，
經常外出冒險。這是小時候
的小嗝嗝，正在看母親的
盔甲。

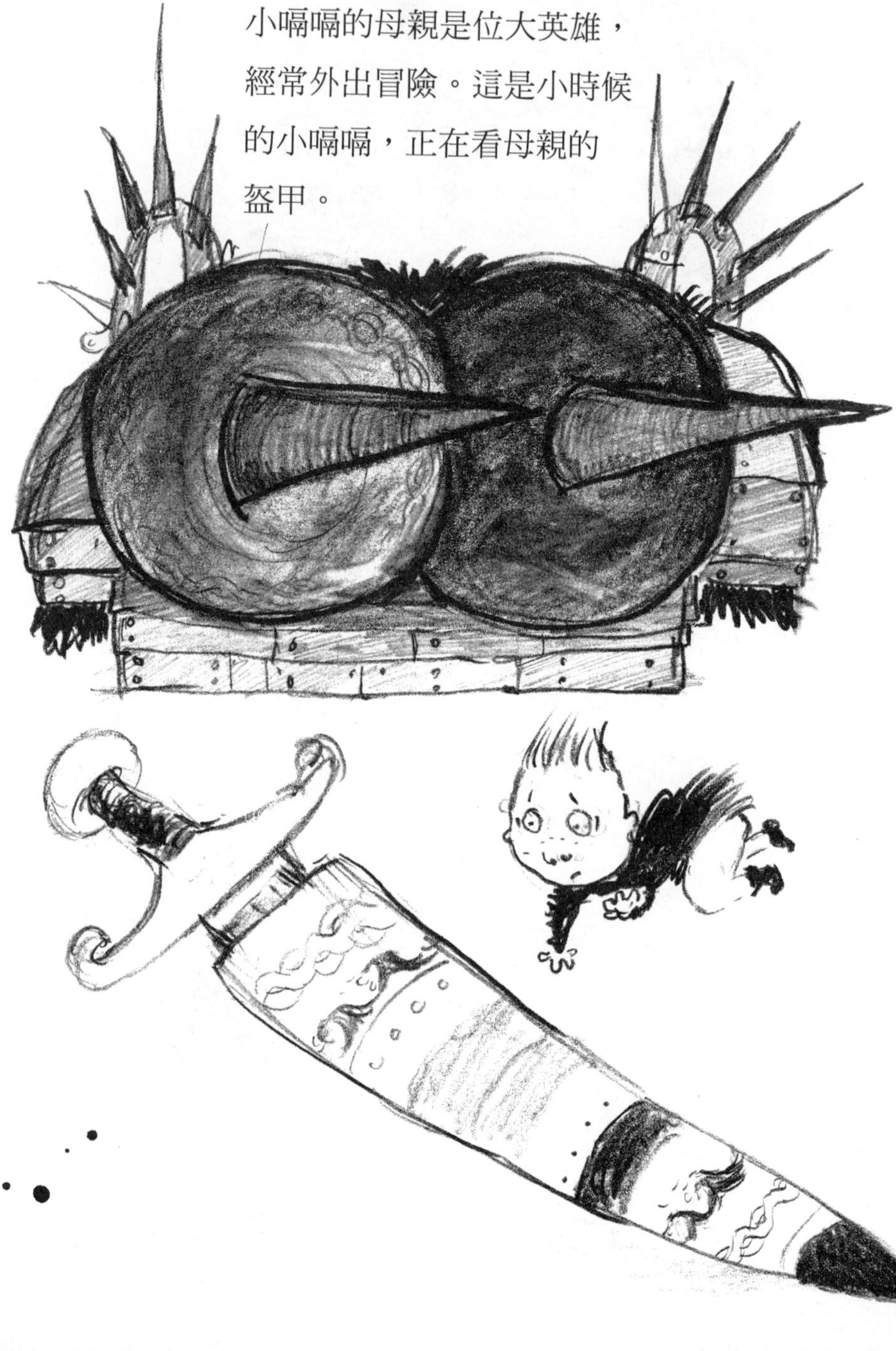

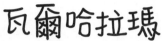

這是小嗝嗝的父親，

毛流氓部族的族長，
偉大的史圖依克‧
聽到這個名字就盡情發抖吧‧咳‧呸

如你所見，他是個大塊頭、腦袋卻不怎麼靈光的人。

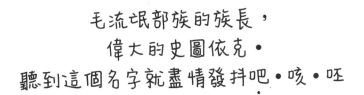

神楓也很擅長盜竊，這是她穿盜竊裝的樣子。她用的一些工具看起來就不合法。

和凶暴的大個子食人族鬥劍時，神楓常說：

「喔喔喔你劍術**好爛**喔，真的**超級爛**……你吃人的技巧應該比劍術強吧？不然就該**餓死**了……**你看！**」（她用劍在食人族衣服割一個「Ｃ」）「這個『Ｃ』代

Camicazi clumsy cowardly cockroach cannibal

表神楓，還有笨手笨腳、膽小鬼、蟑螂、食人族。你**太廢了**，我要是真的刺下去，你剛剛已經死五次了。」

任誰都能遠遠認出的

鼻涕粗

因為他的鼻孔不僅都是鼻毛，還**非常巨大**，感覺能塞下一整隻葛倫科。

這是小嗝嗝的好朋友，

魚腳司

他的龍名叫恐牛，牠體型很正常，卻只吃素，除非你是紅蘿蔔，不然你應該不會害怕牠。

遇到性命危險時，魚腳司可能會說：

「我的雷神索爾啊，我們怎麼又被一群會噴火的危險掠食動物包圍了？你可能會覺得我意見太多，可是我真的很想活到至少十二歲再死……」

神楓

是沼澤盜賊部族族長——大胸柏莎——的女兒。

她是非常優秀的劍鬥士，可是小嗝嗝覺得她有點太自大了，因此一直沒誇讚她的劍術。

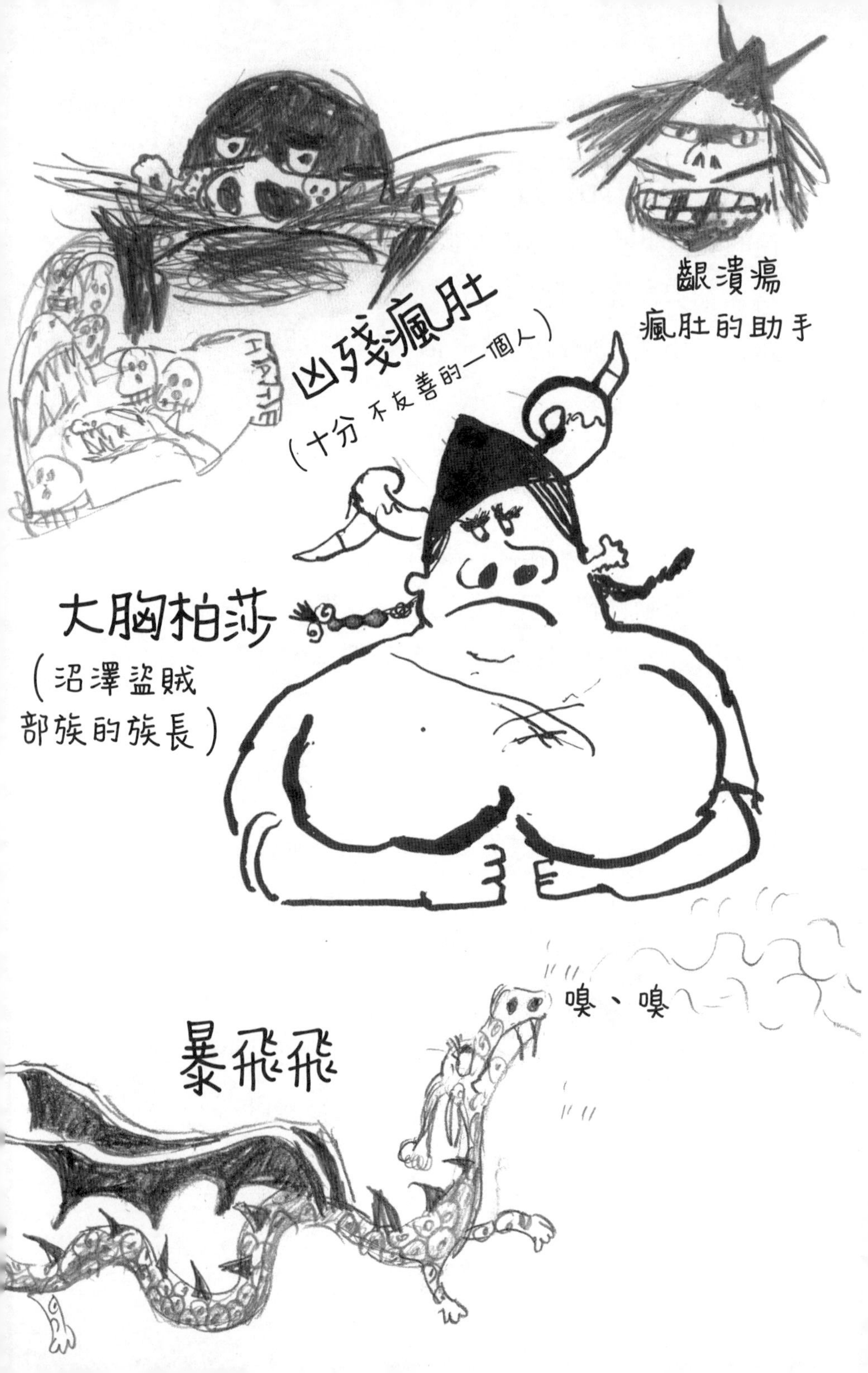
齙潰瘍
瘋肚的助手
凶殘瘋肚
（十分不友善的一個人）
大胸柏莎
（沼澤盜賊
部族的族長）
嗅、嗅
暴飛飛

其他角色……

如何「不」慶生

小嗝嗝和他的
努力劍

世上曾存在龍族。

想像一個存在**龍族**的世界——有的龍比山還大，在海洋深處沉眠，有的龍比指甲還小，在石楠叢中蹦跳。

想像一個**維京英雄**的時代，在這個時代，男人是男人，女人也有點像男人，甚至有些小嬰兒也有胸毛。

現在，你想像自己是個名叫小嗝嗝·何倫德斯·黑線鱈三世的男孩，你還不到十二歲，還沒成為符合父親期待的維京英雄。當然，我說的男孩就是「我自己」，但過去的我感覺離現在的我太遙遠，所以我會在故事裡把他當成陌生人看待，從第三人稱視角述說他的故事。

所以你別想像你是我，你要想像這個陌生男孩、這個有一天會成為英雄的男孩，是「你」。

你個子很小，一頭紅髮，你現在還不曉得，但你即將踏上你這輩子（至今）最驚險的一趟旅程……等你變得和我一樣老，你會說這是「如何『不』慶生」，即使事情已經過去多年，你想起那次冒險的種種危險，皺巴巴的手臂還是會起雞皮疙瘩……

第一章　奇怪的慶生方式

十二歲生日當天的中午十二點整，小嗝嗝·何倫德斯·黑線鱈三世——毛流氓部族未來的希望與繼承人——全身顫抖地站在離地面三百英尺處，那是個很窄的窗臺。喧囂的風陣陣襲來。

小嗝嗝的名字又長又威風，本人卻長得很普通，他個子瘦小，身材像花豆筴，亮紅色頭髮無時無刻不直直豎起，彷彿被什麼東西嚇到。至於臉？他生了一張路人臉。

小嗝嗝緊貼著牆，膝蓋不停地打顫。

他所在的窗臺位於一棟陰森大城堡的外牆，城堡宛如醜陋的黑色怪獸，坐落在忘我島一座海鷗尖鳴聲不絕於耳的懸崖上。

這棟城堡是「傻瓜公立圖書館」，但它其實沒有對外開放。在那個維京時代，書本是能影響人、讓人變「文明」的危險物品，因此全被鎖在圖書館裡頭，還有重兵看守。只有受邀者能進入圖書館。

小嗝嗝**沒有**邀請函。

所以他才會站在距離地面三百英尺的窗臺上，準備從城堡樓上的窗戶溜進去。

這次的圖書館之行是機密行動，他真的、真的不想讓任何人發現他。往下看的話（小嗝嗝很努力「不」往下看），他會看到數百個殘酷傻瓜戰士在下方庭院走動，陽光打在兩端由金屬製成的北方弓上，反射不懷好意的光芒，他們的鑽孔龍則套著長長的鎖鍊跟在一旁。小嗝嗝知道那些人只要抬頭看到他，就會立刻放箭。

小嗝嗝用力吞了口口水，正設法鼓起勇氣，從破掉的窗戶偷偷爬進圖書

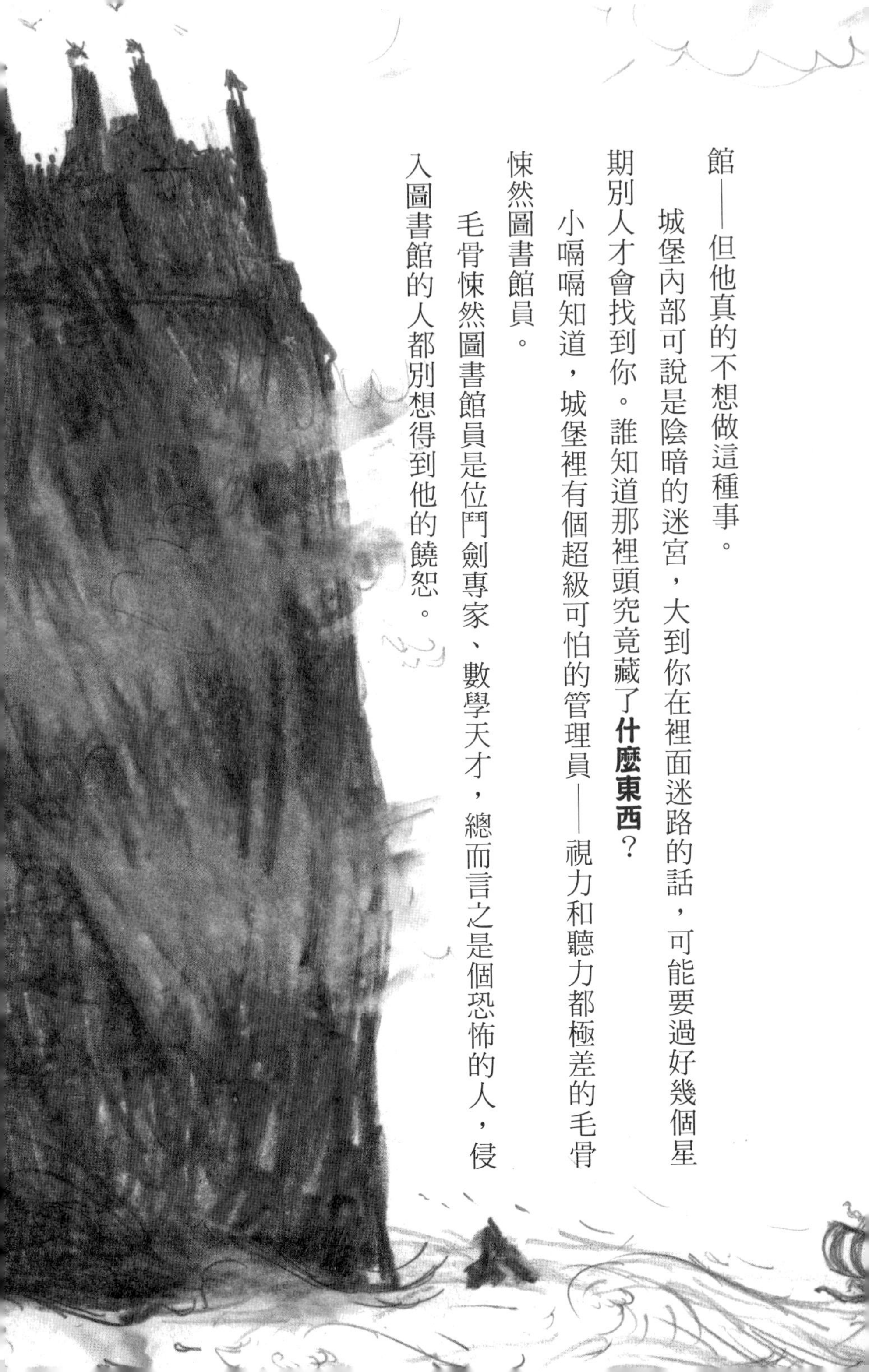

館——但他真的不想做這種事。

城堡內部可說是陰暗的迷宮，大到你在裡面迷路的話，可能要過好幾個星期別人才會找到你。誰知道那裡頭究竟藏了**什麼東西**？

小嗝嗝知道，城堡裡有個超級可怕的管理員——視力和聽力都極差的毛骨悚然圖書館員。

毛骨悚然圖書館員是位鬥劍專家、數學天才，總而言之是個恐怖的人，侵入圖書館的人都別想得到他的饒恕。

先前參加部族間的聚會時，小嗝嗝曾聽他說起試圖闖入圖書館的愚蠢戰士的下場，他得意地表示他用一雙「割心劍」斃了那些戰士。

「我用我的割心劍斃了他們。」毛骨悚然圖書館員聲音嘶啞，閃爍不定的火光映在他老不死的眼中。「我把他們從尖叫口到食物洗衣籃一劍割開。」他邊說邊比手畫腳，示意一刀把人的喉嚨到肚臍割開。「他們活該——**誰**都別想來**我的**圖書館借書還妄想活著離開！」

當時大家可是圍坐在營火旁，部族裡其他人舒舒服服地聽故事……如果毛骨悚然圖書館員在公開場合就這麼嚇人了，那當他像蜘蛛一樣躲在陰森圖書館的角落、拿著割心劍工作時，該有多恐怖？

如果你是小嗝嗝，今天來圖書館不是為了散步，而是要「偷

走」一本珍貴的書，絕對更該害怕那個圖書館員。

這時候，一隻小型野龍飛過小嗝嗝所在的位置，他不由自主地目送牠飛走。「小斑點松鼠蛇龍。」他自言自語。小龍自由自在、無憂無慮地飛向明亮藍天，小嗝嗝看著牠，心想：**我到底在做什麼啊？我的雷神索爾啊，今天是我的「生日」，我應該在家慶生才對，為什麼一定要來這間危險的圖書館，冒險爬到離地面三百英尺的地方……我在搞什麼鬼啊？怎麼會把自己搞得這麼慘？沒有比這更慘的事了。**

小嗝嗝忙著自怨自艾，一邊觀察小斑點松鼠蛇龍慢悠悠地繞圈飛行，一個不小心，就在破碎的窗臺上滑了一下。他悶喊一聲，摔下窗臺。

小嗝嗝整個人往下墜，手腳在空中瘋狂揮動，一隻手恰好抓住窗臺邊緣——勉強抓住；他單手掛在窗臺下，身體和下方堅硬的地面之間，

只隔著三百英尺的空氣。小嗝嗝又尖叫一聲。

下方的城牆上，四百個傻瓜族守衛抬頭看他，那四百個人立刻伸手拿起北方弓。

小嗝嗝搖搖欲墜地掛在窗臺下，聽見下方飄來可怕的聲響——鑽孔龍鑽孔用的龍角高速旋轉起來的聲音。

第二章　菠菜配漂流木？

我們暫且不提掛在窗臺下的小嗝嗝，回到事件的開頭，看看小嗝嗝究竟是如何惹上一身麻煩的。

那天早上七點鐘，小嗝嗝醒過來時，根本不曉得短短五個小時後，自己將展開什麼樣的冒險。

他心情很雀躍，因為今天是他的生日。小嗝嗝今年十二歲，但確切來說這是他第「三」次過生日，因為他是在閏年的二月二十九日出生的。

小嗝嗝一覺醒來想到的第一件事，就是許願：「索爾，我求求祢，讓我安安靜靜、**平平安安**度過這一天，不要給我船難、暴風雨、手臂裝鉤爪的凶惡壞蛋或超危險的龍。就我生日這一天，好不好？」

從小嗝嗝的願望應該不難看出，一個人在蠻荒群島生活，很少能有平靜的日子。如果你是未來將成為維京英雄的男孩，就得過驚險刺激、同時又十分累人的生活。

小嗝嗝下床，花了一點時間說服他的寵物龍——沒牙——吃一頓健康的早餐。

龍族應該吃大量蔬菜，有趣的是，牠們還必須吃大量樹枝、嫩枝和樹皮等「木頭」，這似乎能幫助牠們噴火。噴火對龍族而言非常重要，要是無法噴火，牠們就會生病，最後還會爆炸。

沒牙是隻不聽話的普通花園龍，牠唯一與眾不同的地方，就是牠比其他人的龍小很多。牠已經好幾個星期沒吃木材了，今天，牠說什麼也不肯吃菠菜或漂流木，氣呼呼地坐在餐盤前吐煙圈。

「好，沒牙，」小嗝嗝說。「既然你這麼不乖，我等等就不帶你去盜竊大賽了，你最好在我回來前把漂流木『全部』吃掉，不然就別想吃黑線鱈。」

「你是壞、壞、壞主人。」沒牙高傲地說。「你的心是鼻屎做的。」（註1）

牠悶悶不樂地爬進裝菠菜的碗，一屁股坐下來，簡直像趴在泥中的迷你鱷魚。沒牙只露出鼻子和尾

註1　小嗝嗝和沒牙在用龍語交談，這是龍族溝通用的語言。過去數百年來，能使用這種奇特語言的人類非常非常少，小嗝嗝就是其中之一。

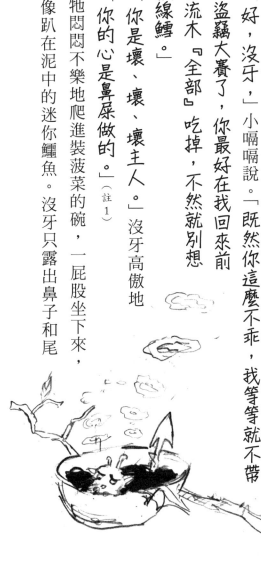

巴，乍看之下宛如菠菜在吐煙圈。沒牙一甩尾巴，菠菜泥噴得到處都是。

小嗝嗝獨自出門，前往盜竊大賽的扒竊冠軍賽了。

住在附近幾座小島的沼澤盜賊部族在三天前來訪博克島，舉辦盜竊大賽。顧名思義，沼澤盜賊部族十分擅長盜竊，他們已經拿下第一天順手牽羊比賽冠軍，第二天的偷窄船比賽也是他們獲勝。

今天是盜竊大賽的最後一天，也就是舉行扒竊挑戰的日子，毛流氓部族亟需用勝利迎回一點自尊。

不幸的是，沼澤盜賊們同樣擅長扒竊，毛流氓們又在比賽中一敗塗地。

小嗝嗝不怎麼享受今天的比賽，他不僅扒竊得很失敗，還在所有人面前被討厭的堂哥——鼻涕粗——嘲笑。「小寶寶小嗝嗝今天是不是三歲了啊？」鼻涕粗譏笑道。「小嗝嗝不愧是**怪胎**，竟然在一整年最**奇怪**的一天出生……你這個『沒用』的人會出生，是我們運氣太差了，要不是有你，毛流氓部族的下一任族長就會是我，我當然會是個聰明絕頂、無敵暴力的族長……狗臭，把他的衣服搶過來！」

鼻涕粗的死黨——無腦狗臭——是個穿了鼻環、溝通能力有限的惡霸，他扯下小嗝嗝的上衣，順便把小嗝嗝往泥地裡壓。

「今天晚上不是你的生日宴會嗎？其他人會幫你『慶生』，」鼻涕粗咬牙切齒說。「可是我會穿『黑色』衣服，我要為你出生這件破事**哀悼……沒用**的小嗝嗝，祝你三歲生日不快樂！」

真令人鬱悶。

衣著凌亂、滿身是泥、心情低落的小嗝嗝，在三個小時後和魚腳司與神楓兩個朋友一起回到家。

魚腳司和小嗝嗝同屬於毛流氓部族，卻長得像患有氣喘、有著瞇瞇眼的長腳蜘蛛。神楓是個個子嬌小、一頭金髮的沼澤盜賊，她的頭髮和亞馬遜雨林部分地區一樣，從來沒有人類碰過。

儘管她又瘦又小，神楓特別擅長扒竊，她手裡拿著五把毛流氓匕首、三頂

尺寸不一的毛流氓頭盔，還有偉大的史圖依克毛茸茸的內褲。

「我**真的**想不透，內褲穿在他屁股上，妳是怎麼把它偷走的？」小嗝嗝有那麼一丁點佩服。偉大的史圖依克是小嗝嗝的父親，他是典型的「恐怖大漢」型維京人。「等他發現內褲不見了，一定會暴怒……」

「超級宇宙無敵簡單的。」神楓得意地說著，邊玩弄一把匕首（如果說神楓有什麼缺點，那就是她太過自傲）。「他鬍子那麼大那麼亂，眼睛應該被鬍子擋住，什麼都看不到吧。如果我真的想偷他的東西，那連上衣和褲子都能一併偷走。」

「妳沒偷，我真是該感謝索爾。」小嗝嗝稍微放下心來。「如果妳真的把他的衣服偷光光，他應該會比現在更火大。唉，接下來這幾天我和他相處都要小心一點，免得惹他生氣。」

三個孩子走進屋，小嗝嗝驚恐地倒抽一口氣。

屋裡到處是菠菜泥。

漂流木還完好如初地躺在餐盤上……

沒牙一臉愧疚地坐在房間中央。

偉大的史圖依克最近弄到一張新的寶座，木椅雕了許多天神奧丁的圖騰……現在，椅子被沒牙啃壞了。

第三章　史圖依克看不出這有哪裡好笑

在這糟糕至極的時刻，偉大的史圖依克大步走進房間。

小嗝嗝的父親——偉大的史圖依克．聽到這個名字就盡情發抖吧．咳．呸——是毛流氓部族的族長，他的大肚子宛如戰船，茂密的鬍子宛如被雷擊中的刺蝟。史圖依克心地善良但脾氣很差，而他今天還沒看到寶座的慘狀，心情就已經夠差了。

神楓的母親是沼澤盜賊部族的族長大胸柏莎，剛剛才針對毛流氓部族在盜竊大賽的表現，對史圖依克冷嘲熱諷了一番。

「你們毛流氓盜竊技術也太差了吧！就算有人拿刀架在你脖子上，你們也偷

不成東西！」大胸柏莎大聲地笑著說，笑得前仰後合，無法忍受被小覷的史圖依克氣得不得了，他最討厭被大胸柏莎瞧不起了。史圖依克拿自己最好的兩把戰斧跟她打賭，要在**今天結束前**證明毛流氓部族和沼澤盜賊部族同樣擅長盜竊。大胸柏莎同意了，兩個人還互相撞肚為誓。你等等就會看到，這和小嗝嗝掛在圖書館窗臺下有很大的關係。

史圖依克懷疑自己不該打賭，畢竟沼澤盜賊部族真的是盜竊專家，要打敗他們很不容易。

總而言之，本來就心情不好的史圖依克走進屋，看到全新的寶座被燒成焦炭。

「**啊啊啊啊啊啊啊啊啊！**」

偉大的史圖依克扯著鬍子尖叫。「**我最喜歡的寶座全毀了！**」

「族長，您的寶座不算是『全毀』，」魚腳司趕忙說。「它只是邊緣有點黑而已……這樣才有不文明的感覺，才有被人用過的感覺嘛，這可是現在維京家具的潮流喔。」

史圖依克稍微冷靜下來了。

「您看！」魚腳司說著，興奮地搖晃那張椅子。「椅子還是椅子，只是感覺不太一樣而已。」

史圖依克若有所思地摸摸鬍子。

魚腳司拍了拍椅子的座部。

「您來坐坐看！」魚腳司鼓勵道。「說不定這比較適合您。」

偉大的史圖依克用大屁股坐上椅子，魚腳司後退一步。

「太棒了！」魚腳司拍手說。「好**野蠻**啊！您**完完全全**是現代維京大將……」

「真的嗎？」史圖依克問道，身上的肌肉賁起。

其實他和椅子的確很搭──一個身高六呎半、鬍子像爆炸鳥巢的維京族長，坐在一張焦黑、扭曲還微微冒煙的寶座上，感覺真的很威風。

「**真的！**」魚腳司激動地說。「您簡直像英靈神殿的天神！可怕又偉大的史圖依克．毛流氓最高統治者．聽到這個名字就盡情發抖吧．咳．呸，這是您最恐怖的一面……真是狂野！真是壯觀！真是恐——」

椅子的左後腳晃了晃，不支倒地。

可怕又偉大的史圖依克．毛流氓最高統治者．聽到這個名字就盡情發抖吧．咳．呸摔倒在地，碰撞聲大得連屋梁都跟著晃了起來。

一片尷尬的靜默。

魚腳司開口——這次，就連魚腳司也無法用花言巧語化解史圖依克的怒氣吧——可是神楓毀了一切。

大部分的人都不敢嘲笑毛流氓部族族長，但沼澤盜賊天不怕地不怕，神楓笑得太——誇張，差點倒地不起。

史圖依克雖然比有在健身的猛牛還要高壯，卻能以驚人的速度跳起來。

他火大了。

毛流氓火大的時候，會徹徹底底失控。

「**閉嘴！**」史圖依克怒吼。「**妳這個愛管閒事的小不點沼澤女，竟敢嘲笑我？**」

然後，他發現這個「愛管閒事的小不點沼澤女」手裡拿著一件異常眼熟、十分時髦的毛茸茸內褲……雷神索爾的雷電啊！那個可惡的沼澤盜賊，竟敢偷他的小內褲！

史圖依克氣得開始膨脹，一把將毛茸茸內褲搶回來。「**妳好大的膽子，竟敢偷毛流氓部族族長的內褲！**」偉大的史圖依克怒吼。

「剛才是扒竊比賽喔，」神楓笑嘻嘻地說。「你們毛流氓部族沒注意到嗎？」

她說的是事實，但史圖依克沒有因此息怒。

「**族長的內褲是神聖的王室所有物！**」偉大的史圖依克怒號。「**寶座也是！小嗝嗝，我知道這是誰幹的好事，一定是你那隻可笑的小微生物，『肥牙』！**」

順手牽羊被逮到時，
記得裝出驚訝的樣子。

「我的天啊，你說得對，我頭上**真的**有一隻羊耶！我**實在不曉得**牠是怎麼跑到我頭上的……」

圖三

受害者發現東西被偷了。

一定要確保自己能迅速逃走……

神楓的進階
盜竊技巧

盜竊無情部族霸抓的所有物

圖一

從上方接近他，輕輕拿走頭盔

無論練習哪一種盜竊技巧，你都該保持平穩的動作。如此圖所示，盜賊不僅要手腳靈巧，還需要靈光的腦袋

圖二

從下方接近他，輕輕拿走長劍和涼鞋

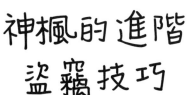

他指向坐在寶座殘骸上偷笑的沒牙。

「父親，他叫『沒牙』。」小嗝嗝連忙說。「我覺得這可能不是他害的，說不定只是火爐的火星彈到椅子上……」

可惜沒牙在此時打了個飽

嗝，鼻孔冒出兩大團黑煙，寶座的木屑噴了大家滿身。

「**你以為我是白痴嗎？**」史圖依克繼續大叫。

「怎麼可能，沒這回事。」魚腳司輕聲安撫他。「您只是腦細胞不太堪用而已……很多維京族長都這樣的……」

「**閉嘴！**」史圖依克暴吼一聲，抓起一條寶座的椅腳，在小嗝嗝面前揮來揮去。「**你看清楚！上面都是牙齦咬痕！你那隻可笑的青蛙這次真的太過分了！**」

「父親，對不起……」小嗝嗝難過地低聲說。「沒牙！」他罵道。「你明明知道這是我父親的東西，你不該碰它的。」

「那是、是、是『木頭』啊！」沒牙指出。「小嗝嗝說吃木頭，所以沒牙把木、木、木頭吃掉啊！」

「沒牙，你明明就知道我說的是你盤子上的漂流木，」小嗝嗝斥責。「不是我父親的寶座。」

史圖依克本來滿臉通紅，現在變成瘀青的紫色。他用平靜、危險的語氣說：「小嗝嗝……你該不會在用龍語跟你的龍說話吧？」

「呃……是的……不對，我是說，我沒有……」小嗝嗝結結巴巴地回答。「我是說，我不知道，父親……」

「你『有』說龍語。」史圖依克說。他從口袋掏出一本沾了汙漬的小筆記本，筆記本封面寫著《危險龍族指南》幾個字。「這是我在你房間找到的，告訴我，這是什麼？小嗝嗝，這個筆記本裡的東西是『你』寫的嗎？」

「是。」小嗝嗝承認。

（他想賴也賴不掉，因為書名下方清楚寫著「小嗝嗝・何倫德斯・黑線鱈三世著」。）小嗝嗝在裡頭記錄了不同龍品種的特徵，還寫了龍語辭典。

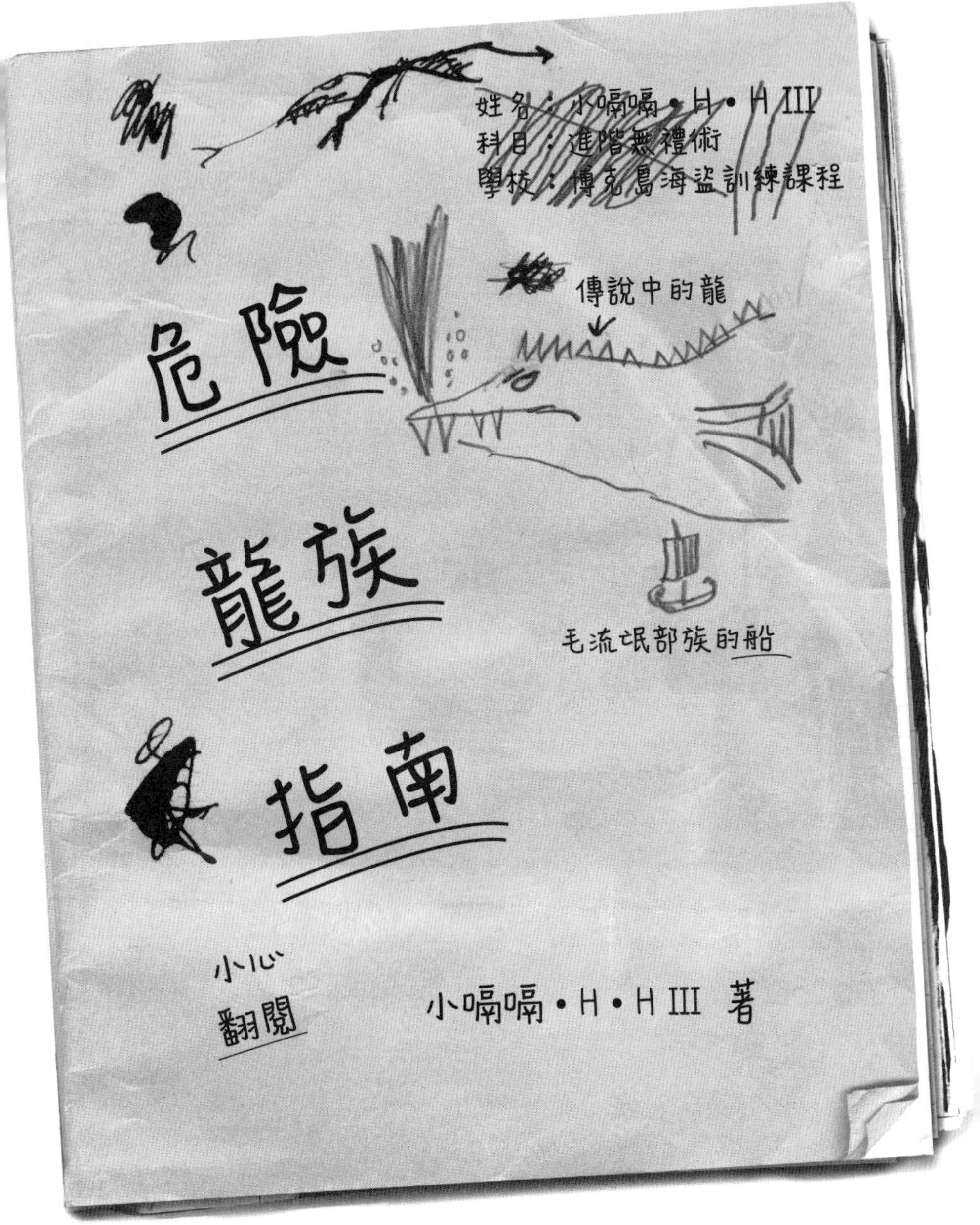
姓名：小嗝嗝‧H‧H III
科目：進階無禮術
學校：博克島海盜訓練課程
傳說中的龍
危險
龍族
指南
毛流氓部族的船
小心
翻閱
小嗝嗝‧H‧H III 著

們是

危險　　　　族指南

所有的龍都很危險，但有些品種比較危險。首先介紹我個人最喜歡的幾個品種：

有毒的品種

一、毒夜影

毒夜影只在黑夜出沒，他們危險到沒有天敵，所以身體是顯眼的亮黃色。

進階無禮術

你可以說你的敵人身材瘦小，

這是萬用侮辱法。例如：

你的手臂跟萵苣一樣軟趴趴的，

你跟水母一對一戰鬥都贏不了。

不要對凶殘部族的人用這句，他們可

能會殺了你。

小嗝嗝，你怒立了，可是你英該皿更

多錯自，一個針正的毛流忙一定要皿

錯自。打嗝戈伯

毒書龍

毒書龍咬人時，致命劇毒會讓你在一秒內死亡。

可是毒書龍無法忍受口哨聲，聽到口哨聲就會停止所有動作，這是我某天在野龍崖賞龍發現的。

我看到一隻松鼠蛇龍用口哨聲讓龍動彈不得。

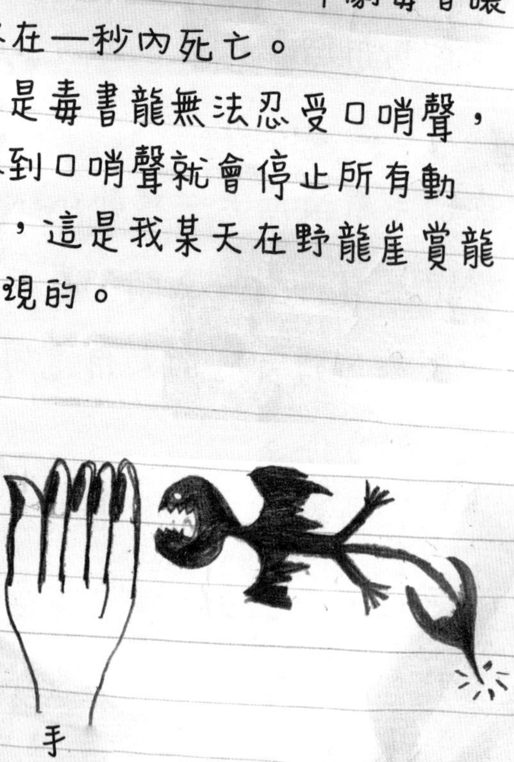

— 整窩毒書

渦蛇龍

如果被渦蛇龍螯傷，
那就坐著等死吧。
過沒多久，你就會跟恐龍
一樣 **死翹翹**。

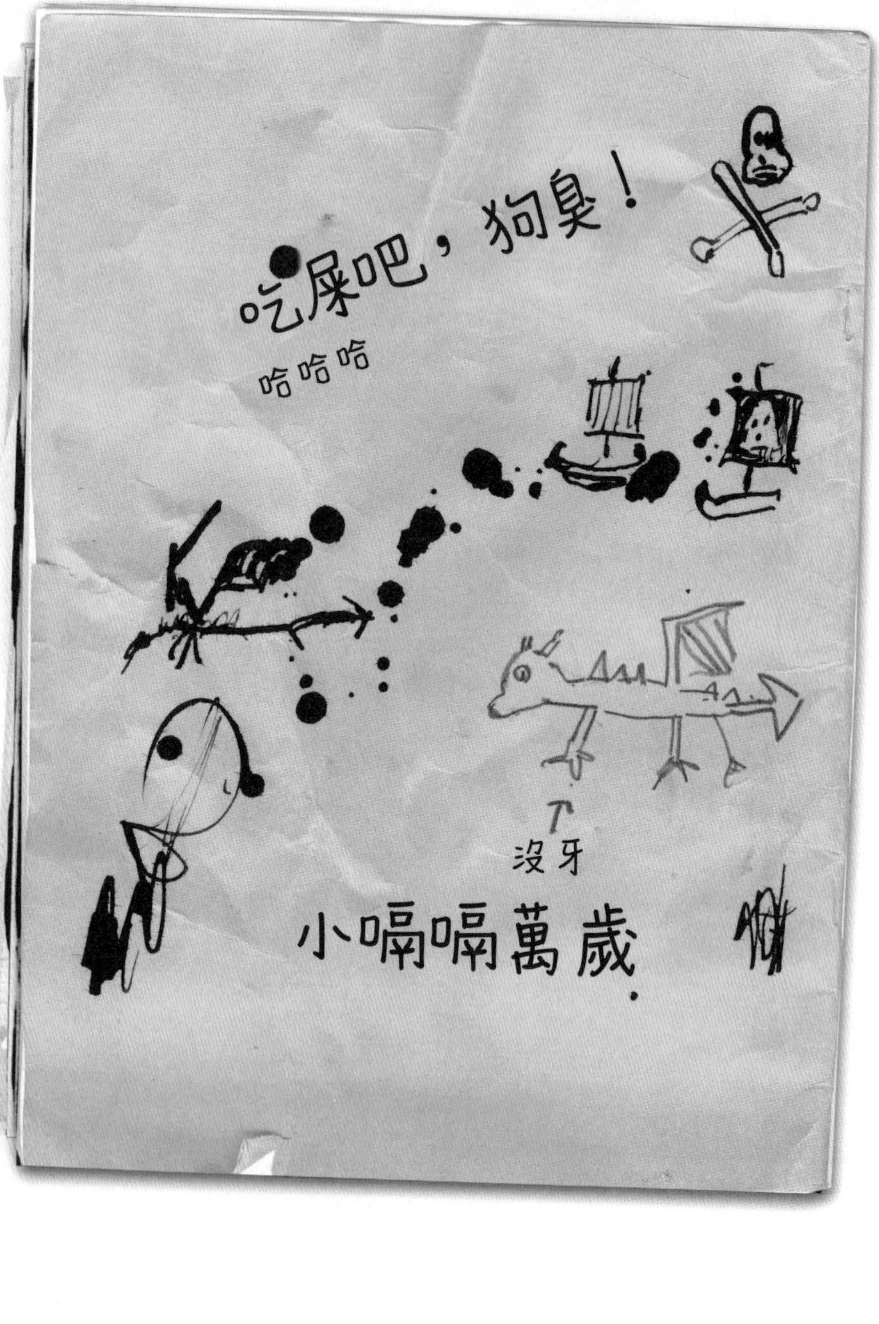
吃屎吧，狗臭！
哈哈哈
沒牙
小嗝嗝萬歲

史圖依克氣得全身膨脹，像發怒的公牛一樣撐大鼻孔。

他再也忍不下去了。

「**寫書**！我的繼承人，竟然在『寫書』？」偉大的史圖依克氣急敗壞。「小嗝嗝，你明明應該當『維京人』的，寫什麼書！**何倫德斯‧黑線鱈家的人怎麼可以寫書**！你那些恐怖的毛流氓祖先要是知道了，搞不好會從棺材跳出來教訓你！小嗝嗝我問你，何倫德斯‧黑線鱈家的人**不可以**做什麼？」

小嗝嗝垂著頭。

「何倫德斯‧黑線鱈家的人不可以寫書。」他盯著地板說。

「何倫德斯‧黑線鱈家的人也不可以『看書』。」史圖依克補充道。「如果你有專心學習，就應該知道，『那東西會議』完完全全禁止維京人擁有書本。」（註2）

註2「那東西會議」是當地所有維京部族的集會。

「**小嗝嗝，你上一次的成績太丟臉了！**」偉大的史圖依克怒吼。「**你應該花更多時間練習無謂暴力啊、偷羊啊，一直拿著書寫寫寫有什麼用——！**」

偉大的史圖依克氣到雙腳幾乎要離地了。「**看什麼書！**」他氣呼呼地說。「**小嗝嗝，書是沒用的東西，沒用到了極點。世界上只有一本值得一讀的書，只有那本書是例外……那就是無賴教授的《馴龍新手指南》。那是唯一適合毛流氓讀的書。**」

喊到一半，史圖依克頓了頓。

他難得想到一個很棒的點子。

「那本書應該就在村子裡……那是打嗝戈伯親自『偷』回來的！」

維京人鄙視書籍，認為書本是文明世界對野蠻文化的侵害，所以誰都不許持有書籍。這些禁書都鎖在陰森的傻瓜公立圖書館，由恐怖的毛骨悚然圖書館員、一批殘酷傻瓜戰士和好幾隻鑽孔龍看守。

圖書館員實在太可怕，以致前去圖書館偷書成了測試維京戰士勇氣的挑戰，卻少有人成功。

「說不定可行……」史圖依克若有所思地用椅腳搔搔鬍子。「我只要找到那本書……把它拿給柏莎看……就能**證明**毛流氓部族跟沼澤盜賊部族一樣擅長盜竊！柏莎的戰士應該從來沒去毛骨悚然圖書館員那裡偷過書吧！**嘿嘿嘿**！我要賭贏了，我要贏了！」

史圖依克欣喜若狂地摩拳擦掌，把椅腳丟進火爐——才想起自己還沒罵完小嗝嗝。

「喔，咳咳。」史圖依克趕忙轉換嚴肅的口吻，為了趕去把《馴龍新手指南》找出來，他飛快地說：「小嗝嗝，我還是很擔心你。我會把你這本莫名其妙的危險龍族什麼書處理掉，你最好**永遠**別再讓我聽到你說龍語或是寫書。」史圖依克把小嗝嗝的筆記本塞回胸前口袋。「你給我表現得像個未來的族長……專心練習無禮術和戰斧戰鬥術……不要跟這些愛管閒事的沼澤人當朋友。」他瞪了神楓一眼，神楓笑嘻嘻地直視他。「而且我要**鄭重**警告你，」史圖依克壓低聲音，用最鄭重的語氣說話。「你的龍要是再做這種事……**再一次**……我就……我就……我就……」

史圖依克絞盡腦汁，思索心目中最嚴厲的懲罰。

「我就**流放**牠。」他終於想到合適的懲罰。

「怎麼可以！」小嗝嗝驚呼。

「我當然可以。」史圖依克毫不容情地說。「小嗝嗝，你今天滿十二歲，是時候正經一點，成為像樣的維京英雄了。我這是為你好。

「嗯，我把那本《馴龍新手指南》放到哪裡了呢？」史圖依克自言自語。「嘿嘿，等大胸柏莎發現我賭贏了，一定會氣得要死！看她到時候還笑不笑得出來……」

史圖依克蹦蹦跳跳出門，準備去集會堂找書。

「你父親人很、很、很差勁。」小嗝嗝用背心一角幫沒牙擦掉背上的菠菜泥時，牠氣呼呼地說。「他怎麼那、那、那麼凶。我才不是可笑的青蛙咧。」

「誰叫你亂吃別人的寶座，別人生氣也是正常。」小嗝嗝罵牠。「沒牙，我要你仔細回想。我父親真的、真的不是在開玩笑，你要是再惹他生氣就會被趕走——你仔細想想，你有沒有做什麼別的壞事？」

沒牙小狗似地睜著大眼睛看小嗝嗝。「你說我、我、我嗎？」牠一臉無辜，邊說邊用力搖頭，用力到頭上的角都晃來晃去。「我、我、我怎麼可能……」

「太好了。」小嗝嗝稍微鬆一口氣。

沒牙又想了想，牠若有所思地搔搔耳後，然後用分岔的舌頭舔掉後腿上的菠菜泥。「對、對、對了……」牠邊舔邊若無其事地說。「可、可、可能有一小、小、小件事……」

「什麼一小件事？」小嗝嗝感覺自己的心在往下沉。

沒牙嘆息一聲，暫停舔身體的動作，用小爪子指向角落一把靠牆立著的掃帚。

小嗝嗝順著爪子的方向看過去。

他驚恐地大叫，要是他父親聽到這個叫聲，肯定會十分驕傲。

掃帚後面藏著一本書的殘骸——那是一本被燒焦、踐踏、啃咬的書，一本有金色書夾、華麗燙金標題與厚重封面的書……

……封面被某隻龍尖銳的小爪子撕成兩半、扯成碎片，還塗了菠菜色條紋。而書封華麗的燙金標題是：

馴龍＊（撕）指＊（破）南

指
無賴 著

第四章　沼澤盜賊有時會說謊

「其他毛流氓幾乎把那本爛書當神在拜，」小嗝嗝呻吟著撿起書的碎片，試圖把它拼回去。「他們覺得這本書能解決所有問題……我父親認為能用它賭贏大胸柏莎。你看看它……它毀了……沒牙，你到底在想什麼？為什麼要這麼做？」

「它剛、剛、剛剛在椅子上，」沒牙嗤之以鼻。「紙、紙、紙有點像木頭……我先吃書，再吃椅子。」

「我們該怎麼辦啊？」小嗝嗝哀號。他絕望地把碎掉的書丟在地上。「這本書不可能修好了！沒牙要被放逐了！」

「沒牙不、不、不想被放逐……」沒牙抱怨。

神楓這時正靠著牆壁倒立，她恢復正常站姿，對小嗝嗝說：「傻瓜公立圖書館應該還有別本《馴龍新手指南》吧，我們只要過去偷一本就好了。」

屋裡，一片震驚的死寂。

「真是個『好』主意，」魚腳司諷刺地說。「那毛骨悚然圖書館員呢？他的割心劍呢？」

「拜託，他也就是個瘋瘋癲癲的老圖書館員，他一個人管那麼大一間圖書館，進去偷一本書他又不會發現。」神楓說得輕描淡寫。「小嗝嗝，你覺得呢？要不要去證明毛流氓部族跟沼澤盜賊部族一樣擅長盜竊？」

嚴格來說，神楓說得不算正確。毛骨悚然圖書館員並不是看守傻瓜公立圖書館的唯一一個人，你在第一章也看到了，守衛城堡的還有四百個殘酷傻瓜戰士跟鑽孔龍。

小嗝嗝不瞭解傻瓜公立圖書館，他只見過毛骨悚然圖書館員兩次，覺得那個老頭子很可怕而已。他心想：**如果圖書館真的有神楓說的那麼大，那我們進去偷一本書再出來，應該不會被發現吧**？如此一來，沒牙就不會被流放，史圖依克能賭贏大胸柏莎，恢復愉快的心情。

小嗝嗝緩緩地說：「好……我們去偷書……」

那，就是他們「完蛋」的瞬間。

「**太好啦啊啊啊！**」神楓揮著拳頭說。「**盜竊**時間來囉！太棒了，我一直想找藉口偷我母親的隱龍，現在終於可以偷了！」她匆匆離開小嗝嗝家，朝龍廄走去，憂心忡忡的小嗝嗝、憂心忡忡的沒牙與更加憂心的魚腳司緊跟在後。

「等一下，」小嗝嗝氣喘吁吁，他覺得情勢越來越失控了。「為什麼要偷人家的隱龍？什麼是隱龍？妳母親是怎麼弄到他的？」

「她兩天前從凶殘瘋肚那裡偷了一隻隱龍，」神楓解釋道。「那是凶殘部族的祕密武器之一。我猜這是她答應跟你父親打賭的理由，她覺得她都偷了凶殘部族的祕密武器，你父親**不可能**做到比這更厲害的事。」

「也不可能做到比這更**瘋狂**的事。」小嗝嗝指出。「**沒有人**敢偷凶殘瘋肚的東西……話說圖書館只有一個守衛，我們為什麼非要偷這隻隱龍不可？」

「這個嘛，」神楓現在才在想該怎麼回答。「誰知道毛骨悚然圖書館員會不會在我們去到圖書館的時候往窗外看呢？如果我們騎隱龍過去，他就不會看到我們了，你說對不對？到了！」她開心地說。

神楓走到龍廄門口，打開特大號的門，得意洋洋地示意龍廄內。「你們看仔細了！」她歡呼。「那就是隱龍！」

作者的話：

不好意思，我們沒辦法把隱龍描繪出來，因為牠是隱形的龍。

第五章　隱龍

乍看之下，龍廄裡空空如也。

隱龍有點像變色龍，牠們能改變身體顏色，融入周遭環境，而且十分擅長隱身，能將龐大的身軀完美地藏起來。所以，當隱龍偷偷接近一座村莊——或一間圖書館——時，沒有人會發現牠。

小嗝嗝他們花了幾秒讓眼睛適應，才隱約看到一隻沉睡中的大龍的身體輪廓，牠下半身和地上的乾草顏色、質地一模一樣，上半身和牠倚靠的木材紋路如出一轍，連節瘤、孔洞都一樣。

「你們沒看過這麼酷的東西吧？」神楓興奮地用歌唱般的語調說，邊說邊撫摸隱型大龍的體側。「我一直很想騎隱龍！」

「**哇**。」小嗝嗝悄聲讚嘆。「**哇**，**哇**，**哇**，**哇**，**哇**，**哇**。你們看看他尾巴上的尖角，好大喔……可是神楓，我們不可能偷這隻龍。」

「為什麼不行？」神楓問。她跳上龍形空氣，坐在應該是隱龍背部的位置，害隱龍陡然驚醒。

「妳問為什麼不行？」魚腳司尖聲說。「**為什麼不行**？他可不是普通的馱龍，他可是**祕密軍事武器**耶！凶殘瘋肚跟凶殘部族那些戰士，現在應該在蠻荒群島到處找這隻龍，我才不想在騎這隻龍的時候被他們逮到！」

「我不管你們要不要一起來，反正我就是要偷這隻龍，再去偷書，然後在下午茶時間回來。」神楓說著綁好龍鞍上的安全帶，抓起隱龍的韁繩。「你們毛流氓都是膽小鬼嗎？」她戲謔地說。「你們該不會『怕』了吧？」

小嗝嗝當然不可能對一個比自己矮一顆頭的金髮小女孩承認他怕了。

「我待會一定會後悔。」小嗝嗝邊說邊爬上若隱若現的隱龍。

「我待會一定會比你後悔十倍。」魚腳司咬牙切齒，焦慮地上竄下跳。「要是被瘋肚抓到怎麼辦？他是全蠻荒世界最可怕的族長耶……」

「重點是，他**抓不到**我們。」神楓笑嘻嘻地說。「因為我們騎在隱形的龍背上，隱形的龍之所以能成為祕密武器，就是因為沒有人能追蹤他們。魚腳司，你怎麼每次都擔心這、擔心那的？快上來，就瘋狂這一次嘛！」

魚腳司嘆一口氣，跟著小嗝嗝爬上隱龍的背，兩個男孩繫好安全帶，把自己固定在龍鞍上。

隱龍流線形的背刺在他們兩側凸起，在其他人眼中，三個小維京人就跟隱龍一樣隱形。

「能麻煩你載我們去傻瓜公立圖書館嗎？它就在傻瓜雙島東邊一座叫忘我島的小島上。」小嗝嗝禮貌地問隱龍。

凶殘部族顯然是馴龍高手，隱龍聽了小嗝嗝的話，立刻立正站好，用軍人答覆長官的語氣說：「遵命，長官！我會完成任務的，長官！還有什麼吩咐嗎，長官？」

「真是個好孩子。」沒牙咕噥。

「我……們……出……發……囉！」神楓高喊著用力一甩韁繩。「**走！**」

隱龍在聽到命令的瞬間飛躍上天。小嗝嗝喘過一口氣，視線越過隱龍的背鰭上方，發現隱龍飛得奇快無比，博克島已化為後方一抹淺紫色影子，他們已經在飛往傻瓜雙島的半路上了。

「這傢伙的**加速**能力是不是超強？**哇啊啊啊啊！**」神楓在狂風中縱聲歡呼。「魚腳司你就承認吧，這絕對是你畢生難忘的騎龍體驗！」

可是魚腳司正在努力讓自己不暈龍，沒心思承認這種事。

沒牙像隻不悅的知更鳥，緊緊抓著小嗝嗝的肩膀，耳朵在風中拍打頭顱。

「我們又不、不、不用飛那麼快、快、快……不用嘛……這傢、傢、傢伙真的很、很、很愛現耶……」牠嘀咕，彷彿自己一點都不愛現。

隱龍飛得很快。

他們飛得太快了。小嗝嗝看到圖書館，發現神楓說錯了，看守城堡的不只有毛骨悚然圖書館員一個人，其實圖書館周圍有幾百個全副武裝的殘酷傻瓜戰士和鑽孔龍……可是這時，**為時已晚**。

隱龍已靜悄悄地飛過黑色城牆。

隱形的牠飛到圖書館主建物一扇離地三百英尺的窗戶旁，三個小維京人一一爬過牠隱形的翅膀，爬上外側窗臺。

小嗝嗝輕聲請隱龍在附近等他們出來，隱龍乖乖點頭。

「好的，長官！沒問題的，長官！你們就喊我一聲，長官！」牠小聲回答後，往後飛一小段距離，恭敬地等在那裡。

神楓率先爬進圖書館窗戶，接著是魚腳司與沒牙，只剩小嗝嗝站在岩石崩裂的小窗臺上。

他在原地站立數秒，結果注意力被一隻從旁飛過的小斑點松鼠蛇龍吸引，一個不小心滑落窗臺邊緣，悶喊了一聲。

這就是為什麼本書第一章結束時，小嗝嗝會掛在窗臺下。

小嗝嗝在十二歲生日當天起床五小時後，用單手抓著窗臺邊緣，

掛在離地三百英尺的高空中，下方的殘酷傻瓜守衛正將裝了銀箭頭的箭矢搭在北方弓上，還彎腰解開鑽孔龍的鏈條。

第六章　歡迎光臨傻瓜公立圖書館

「**咿咿咿啊啊啊啊！**」小嗝嗝．何倫德斯．黑線鱈三世尖叫一聲，身體在空中劇烈搖晃，他試圖用另一隻手抓住窗臺。「隱龍！快來幫我！」

隱龍當然很樂意幫忙，可惜牠沒聽見小嗝嗝焦急的哭喊，牠也看到那隻小斑點松鼠蛇龍了，從昨晚到現在都沒吃東西的牠，視線怎麼也離不開眼前的小龍。

食慾勝過了軍紀。此時，隱龍已經飛到一百公尺遠處，像追老鼠的雀鷹般緊追著可憐的小松鼠蛇龍不放。

咻咻咻——

一支尖銳的北方箭差點刺穿小嗝嗝鼻頭。

咻咻咻咻——咚！

咻咻咻咻——咚！

又飛來兩支尖銳的北方箭，刺入小嗝嗝背上的背包。

不再受鎖鍊束縛的鑽孔龍們嘶吼著展開黑色翅膀飛上天空，鼻頭的鑽孔尖角旋轉時發出駭人的嗡鳴。

牠們疾速往上飛，飛向掛在窗臺下的男孩。

兩雙手握住小嗝嗝的手腕，神楓和魚腳司跪在窗臺上，用不知哪來的力氣把小嗝嗝往上拉。飛箭如雨點般射來。

他們勉強在小嗝嗝死翹翹前把他救上來。

小嗝嗝被神楓和魚腳司拉進城堡的瞬間，鑽孔龍首領的鼻鑽掃過他腳踝。窗戶太小了，鑽孔龍飛不進

來，那隻龍憤怒地號叫一聲。

「感謝雷神索爾，你還活著。」三個孩子都站進陰暗的圖書館時，神楓喘著氣說。窗外，尖頭龍群惱怒地尖叫不停，鼻鑽高速旋轉，傳來刺耳尖鳴。

「妳說這叫**安全**？」魚腳司咳著嗽，諷刺地說。

「**啊啊啊啊啊啊啊啊啊啊啊！**」小嗝嗝、魚腳司、神楓與沒牙

齊聲尖叫，倒退一步。一根足足六呎長的尖銳鼻鑽旋轉著劃過他們四個中間。

鑽孔龍首領不肯善罷甘休。

牠狂怒地撲向窗戶，把通往城堡內部的洞口撞得更大，碩大的頭和一條伸直的手臂探了進來。

鑽孔龍大吼。牠奮力往室內擠，頭部瘋狂地左右扭動。

窗戶兩邊出現兩大條裂痕，磚牆破裂，整個房間從天花板到地板都裂了開來……恐怖怪獸用一條前臂抓住開口邊緣，將自己的身體往前**拉**——**拉**——**拉**，一邊肌肉糾結的肩膀已經擠進來了……小嗝嗝驚奇又害怕地看著牠的鼻鑽激動得加速旋轉……再過兩秒牠就會闖進房間，到時他們就死定了……

……小嗝嗝隨手拿起離自己最近的物品——一尊小小的雷神索爾大理石像與相連的石臺——砸向鑽孔龍的頭。

好巧不巧，石像砸在鑽孔龍的雙眼之間，把牠打得頭殼凹陷，而那個痘痘大小的區塊剛好是牠一整顆腦袋的所在。

腦袋再怎麼小，鑽孔龍還是不能沒有腦袋。

前一秒牠還狂吼著往前撲，下一秒就跟萵苣一樣軟趴趴地癱倒在地，和恐龍一樣死得不能再死。牠的四肢抽動片刻，隨即靜止不動。

鑽孔龍全身只剩鼻頭的尖角繼續轉動，但它的轉速也越來越慢了。

三個小維京人和一隻小龍呆立在陰暗無聲的圖書館，周遭不斷浮動的塵雲，正慢慢飄至地面。

鼻鑽轉得越來越慢……越來越慢……越來越慢……終於停止轉動。

「好了，」神楓顫抖著小聲說。「我們**現在**安全了……」

「安全？**安全？**」魚腳司氣憤地喘著氣。「等我們活著回博克島，妳再跟我說我們**安全**了……要不是妳**瘋狂**的點子，我們根本就不會離開博克島。妳怎麼會覺得我們現在很**安全**？」

「你們**男生**真是的，」神楓聳肩說。「就愛擔心這個、擔心那個。我們現在只要找到那本書、把它偷走、跑回這個房間、爬出窗戶、叫隱龍來接我們，再飛回博克島就好了。魚腳司你相信我，沒問題，我們可以的，跟著我做就對了。」

「沒問題？」魚腳司越說越氣。「**沒問題**？好啊，『我們在下午茶時間回家』小姐，妳告訴我，現在有個小腦袋**卡在窗戶上**，等一下要怎麼爬出去？」

他揮手示意被砸死的鑽孔龍。魚腳司說得沒錯，牠緊緊卡在窗口，好似把窗戶當褲子穿。

「喔。」神楓若有所思。

「而且整棟城堡就只有**這一扇**窗戶。」魚腳司提醒。

「那我們只能從大門出去了。」神楓沒有要退讓的意思。

「什麼大門？現在——**現在**——有**好幾百個**殘酷傻瓜戰士和鑽孔龍從大門跑進來找我們，是**好幾百個**喔！妳不是說圖書館只有**一個**瘋瘋癲癲的圖書館員看守嗎？」魚腳司咬牙切齒，盡可能維持禮貌。

「我想說如果知道守衛不只一個，你們應該就不會想來了。」神楓理性地指出。

「不來才是對的啊！」魚腳司大喊。

他突然看到什麼東西，臉色變得比現在還蒼白，焦慮地試圖爬上旁邊一根柱子。「你們看！」魚腳司驚呼，點點頭示意地板。「地板！地板好像在、在、在動！」

地板的紋路似乎真的在動，滑順、扭動的移動方式令人看得入迷。

「那個啊，」神楓若無其事地說。「那只是警報用的火紅癢龍。」

「**火紅癢龍！**」魚腳司尖叫一聲，奮力抱著柱子往上攀。

火紅癢龍是長得像蛆的小龍，被牠們咬到比被螞蟻或黃蜂螫還痛很多。

「沒關係，」小嗝嗝仔細打量地上的癢龍群，出聲安慰魚腳司。「只要穿著龍皮鞋就不會被他們攻擊，可是我們不能用沒有受保護的部位碰地板……如果是龍皮以外的尋常材料，他們都可以咬穿，嘗到鮮血的味道後還會成群來攻擊你。真是的，神楓，妳怎麼沒**警告**我們！」小嗝嗝懊惱又無奈地咂舌。

「**你們意見很多耶！**」神楓嗤之以鼻。

魚腳司從柱子爬下來，小心翼翼地用穿著龍皮鞋的雙腳觸地。

「還有一個小問題，」魚腳司嘀咕。「你們注意到沒有？這間圖書館好像是一座**迷宮**，我們要怎麼在這裡找書？不會迷路嗎？」

「這個問題我想過了，」神楓這次答得比較有自信。「我們跟著暴飛飛走就對了，暴飛飛**從來**不迷路。」

她取下肩上的背包，小心翼翼地伸手從裡頭取出「某樣東西」。

「某樣東西」是隻金幣般閃亮的狩獵龍。

「這是『妳的』龍嗎？」小嗝嗝問。「我都不知道妳有養龍。」

「每個人都有養龍好不好。」神楓詫異地回答。「不過我的龍很獨立，不用像你們那樣天天待在一起。暴飛飛，起床囉，我需要妳幫忙……」

她搔搔金色小龍耳後，把牠喚醒，牠打了個貓叫聲般的噴嚏，醒了過來。神楓在手指被咬到前把手抽回來。

兩秒後，小龍完全醒了，牠蜷在神楓腳踝邊，接著迅速竄到她肩膀上，速度快到小嗝嗝看不出牠是什麼品種，只看到一道金光。

「妳的龍好漂亮，」小嗝嗝說。「她是什麼品種？」

問題還沒問完，小嗝嗝就知道答案了。小龍聽到小嗝嗝誇牠漂亮，鱗片

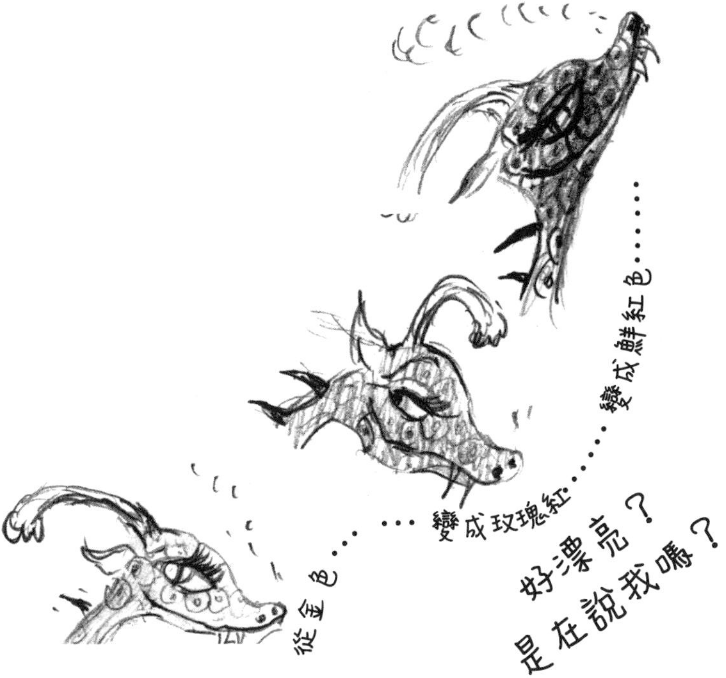

從金色變成玫瑰紅，又變成鮮紅色，宛若轉瞬即逝的夕陽。

「是**心情龍**！」小嗝嗝驚呼。「這種龍不是很稀有嗎？我從來沒看過心情龍耶……」

「你說心情龍很稀有？」神楓嗤笑一聲。「還不只這樣，這隻心情龍會說諾斯語喔。」

聽她這麼一說，小嗝嗝真的驚呆了。

根據吟遊詩人的故事，很久以前龍族和人類能輕鬆交談。現在，能用龍語和龍族溝通的人類只剩小嗝嗝和少數幾個人了，龍族雖然多少能聽懂諾斯語（牠們稱之為「腫腫舌」），小嗝嗝卻從來沒見過能說諾斯語的龍。

「我先聲明，她很愛說謊。」神楓警告小嗝嗝。

「我才沒有愛說謊！」心情龍用流利的諾斯語反駁。

然而牠被自己的鱗片出賣了，原本淡粉紅色的鱗片瞬間變成深紫色。

「你們看！」神楓笑嘻嘻地說。「她說謊的時候就會變紫色，可是她天生愛說謊，她自己也沒辦法。暴飛飛，走吧，我們需要妳在這間可怕的圖書館裡帶路……」

受到冒犯的小心情龍似乎開心了些，身體從紫色變成明亮的黃色，還像貓似地跳上神楓的頭。

「這個雀斑緊張男孩是誰？還有這個綠血族同類是誰？」暴飛飛輕聲說，笑吟吟的黃眼睛俯視著沒牙。

沒牙表現得有點奇怪，牠頭上的角附近的皮膚變成粉紅色，呆愣愣地望向前方，彷彿牠不是活生生的龍，而是標本。

牠沉聲回答：「那是小嗝嗝，我是沒、沒、沒牙。我是很稀有的無牙白日夢，很稀、稀、稀有而且很凶猛。」

「你好啊，沒牙。」暴飛飛輕輕搖晃黃色尾巴，欽慕地說。「喔喔喔，你看起來真的很凶猛……帥氣又凶猛。你的小翅膀長得好酷喔！」

聽牠這麼說，沒牙挺起胸膛，驕傲地在空中翻了幾圈。牠太忙著表現，沒注意暴飛飛壞笑著的臉慢慢從黃色變成紫色。

「就算不會迷路，找到書以後要怎麼出去還是個大問題。」魚腳司固執地保持悲觀。

「這個嘛，」小嗝嗝說。「我們與其憂鬱地坐在這裡，不如找找看那個無賴教授寫的《馴龍新手指南》，說不定在路上就會想到逃出去的方法了。無論如何，我們現在顯然**回不去了**。」

他說得有道理。

「暴飛飛，」神楓說。「帶我們去馴獸書區……」

暴飛飛優雅地嗅了嗅圖書館內悶悶的空氣，小巧的鼻子嫌惡地皺了起來。「往左邊。」牠說。

神楓立刻往右邊走。

「呃……你們要照她說的『相反』做。」神楓對小嗝嗝和魚腳司解釋。

「好棒喔！」魚腳司諷刺地笑著說。「我們找到可靠的嚮導，不會在死亡迷宮裡迷路了！而且嚮導還很愛說謊！怎麼有這麼棒的事……」

「哎呀，魚腳司，不要那麼**悲觀**好不好。」神楓雲淡風輕地說。「反正只要雷神索爾保佑我

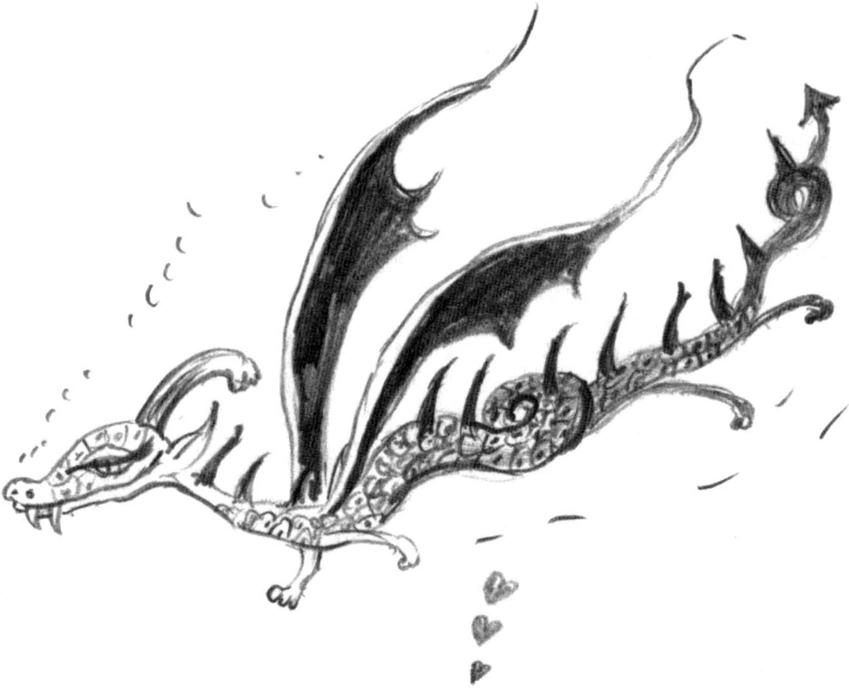

沒牙表現得
有點奇怪

們……最後一定不會有事的……」

於是，小嗝嗝和魚腳司從圖書館陰暗、複雜的中心出發，躡手躡腳地跟隨神楓與暴飛飛穿過扭曲的長廊，沒牙則拍著翅膀飛在最後面。

第七章　凶殘群山上

如果魚腳司看到此時此刻的凶殘群山高處，知道凶殘部族祕密基地發生了什麼事，他肯定會比現在還要悲觀。

很少有人去拜訪凶殘部族，也許是因為他們為了不讓人靠近祕密基地，常把入侵者獻祭給凶殘山頂的天空龍，也可能是因為他們實在太臭了。

凶殘部族的主食，是放了一個月、放到爛掉的黑線鱈，裡頭塞了醃洋蔥和臭蛋，再加上大量的「啤酒」。你可以想見，一群人天天吃這種東西，不臭才奇怪。

無論原因為何，凶殘部族平時都安安靜靜住在他們那座陰森高山的山頂。

多虧了他們遠揚在外的臭名，沒有人會去牽他們的羊、偷他們的馴鹿，蠻荒群島其他地區的維京人都不把他們當好鄰居、也不會友好來往。

因此，瘋肚最新的祕密軍事武器被柏莎厚顏無恥地偷走，讓全凶殘部族嚇了一跳。

瘋肚的助手「齜潰瘍」正跪在敞開的龍廄前，盯著塵土地上亂七八糟的腳印，戴著黑手套的手戳戳土壤。五隻龐大的嗅龍也加入搜查行列，獵犬似地把大鼻孔湊到地上嗅來嗅去。

瘋肚所有駭人的武器都裝在齜潰瘍背上的籃子裡。

瘋肚本人和五十個凶殘戰士站在一旁，看齜潰瘍對土壤戳來戳去。「被偷了！」齜潰瘍驚駭地嘶聲說。「臭呼呼毛茸茸雷神索爾的鬍子啊，暴力陛下您的隱龍**被偷了！**」

凶殘瘋肚最可怕的一點，就是他從不說話。

沒有人知道他為什麼不說話。有人說他沒有舌頭，有人說他嗓子壞掉了，

不管實情是什麼，他平時頂多低哼幾聲，不會說話。現在，他對齀潰瘍低哼一聲。

齀潰瘍馬上一臉奉承地跳起來，踮起腳尖把自己油膩的耳朵湊到瘋肚面前，聽瘋肚一連串的哼聲。

「我們的凶殘族長**非常不高興**。」齀潰瘍對默默聚集在身邊的凶殘戰士罵道。

「他命令你們在日落前找到斗膽犯下大罪的犯人，不然就把你們全都賣去醜暴徒奴隸國！」

嗅龍們突然興奮地嘶鳴、吠叫幾聲，分岔的尾巴左右甩動，看樣子，牠們終於嗅到隱龍的蹤跡了。「追！」齜潰瘍邊喊邊跳上自己的馱龍。「這是暴力陛下瘋肚的命令：逮到小偷的人，今晚吃黑線鱈時可以多加幾顆臭雞蛋！」

凶殘戰士紛紛跳上馱龍，跟著嗅龍飛往東方遠處小小的忘我島。

第八章　回不去了

整間圖書館唯一的窗戶被鑽孔龍肥碩的屍體堵住，永無止境的大迷宮連一絲自然光線都沒有。城堡裡每一面牆邊都有書架，數以千計的書架從地板延伸到天花板，擺著無數書籍。室內唯一的照明是匍匐在牆上的螢火龍，散發黯淡光芒，地上不住扭動的火紅癢龍也發著淡淡的紅光。

小嗝嗝因寒冷與恐懼而全身顫抖，只能硬著頭皮走下去。

圖書館裡非常冷，是那種太久沒照到陽光、忘記太陽長什麼樣子的溼冷與陰暗，潮溼的石室飄著寂靜與祕密的氣味。小嗝嗝覺得圖書館有點像隻死在角落的魚，沒有人記得它，就這麼在角落慢慢腐爛。

而且這地方很「陰森可怕」，有些走廊都是害人不停咳嗽的塵雲，有些地方的螢火龍不亮了，三個小維京人必須摸黑前行。

有些地方的書櫃顯然被鑽孔龍攻擊過。

遠處傳來殘酷傻瓜戰士的呼喊聲與鑽孔龍的吠叫，他們從圖書館大門湧進來，四處尋找三個入侵者。這間迷宮般的圖書館應該夠大，即使對方人多勢眾，大概也要花很長、很長一段時間才找得到小嗝嗝他們吧？

小嗝嗝的想像力似乎化成了驚弓之鳥，一直覺得自己聽到後方有詭異的「呼吸聲」和「嗅聞聲」。

有時，他會看到黑影微微一動，消失在下一個模糊的轉角。

沒牙不想再飛在隊伍最後面了，牠爬進小嗝嗝毛茸茸的背心，怕到背上的角都直直豎起來。「不安、安、安

全……」牠小聲說。「這裡有不、不、不好的東西……相信沒、沒、沒牙……沒牙知道……」

但儘管小嗝嗝打從心底感到害怕，能一次看到這麼多書，還是讓他興奮得不得了。他自己當然會拿筆記本畫圖寫字，不過由於「那東西會議」禁止維京人擁有書本，他只看過一本真正的書，那就是今早被沒牙燒毀的《馴龍新手指南》，而小嗝嗝必須承認，那本書實在不怎麼樣。

在他看來，那本書內容太少了。

圖書館就沒有文字和內容太少的問題了，這地方簡直是藏寶洞。

「**哇**，」小嗝嗝悄聲說。「我們只要在這裡待得夠久，一定能找到所有問題的解答……」

架上有厚薄不一的書、好幾本破破爛爛的《蠻荒百科全書》……書中介紹蠻荒群島，還有小嗝嗝聽吟遊詩人說過的遙遠國度，那些奇異的國度名字像一顆顆寶石，像是「俄羅斯」、「中國」、「印度」、「非洲」與「日本」。

「哇……」

小嗝嗝悄聲說。

「我們只要在這裡

待得夠久，

一定能找到

所有問題的

解答……」

這些地方究竟是真的呢，還是跟獨角獸一樣是虛幻的存在？小嗝嗝恨不得停下腳步，取下書架上灰塵滿布的地圖……據說有一個地方熱到連你的思緒都會沸騰、蒸發，還有「大象」飛在一群群靜靜覓食的「火鶴」上方，奇特生物走在和剛出爐的麵包一樣熱烘烘的大地上，世界上真的有這樣的地方嗎？

小嗝嗝覺得這些聽起來像假的，他很想知道答案。

他很想知道答案……卻沒有停下腳步。

神楓得意地宣稱他們來到圖書館的「龍族與其他奇異生物」區時，大家都鬆了一口氣。

「你剛剛說那本書的作者是誰？」神楓問。

「無賴教授。」小嗝嗝回答。

「在這邊，」魚腳司跪在角落。「W……X……Y，『Yobbish』是Y開頭的……我的雷神索爾啊，他竟然還寫了一本教人把『鯊魚』當寵物養的書，無賴教授腦袋是不是有問題？找到了！《馴龍新手指南》！」

果不其然，書架上的書和那本在毛流氓村集會堂放了好幾年、今天被沒牙撕毀、現在藏在小嗝嗝床底下的書一模一樣。好吧，其實沒有一模一樣。

「這是第二版。」魚腳司發現。

「不會有人發現的。」小嗝嗝說。他開心地從魚腳司手裡接過書本，檢查它是否完整。

它確實很完整，漂亮的大封面與上面的小字，書中則是無賴教授就馴龍這件事的建議，四個華美、神聖的金色大字：

對牠大叫。

但在二十年辛勤的研究之後，無賴教授推出第二版本《馴龍新手指南》，加了兩個非常重要的字，變成……「大聲」對牠大叫。

這本書看似內容淺薄，卻是過去好幾代毛流氓嚴格遵守的馴龍守則。

小嗝嗝把書塞進背包。

「你們看，這裡有好多關於龍的書，**太酷了！**」小嗝嗝興奮地說。「《維京龍族與龍蛋》！《冰寒深海的龍族》！《冰凍北方的龍族》！如果我們維京人有機會讀這些書，一定能學到很多……」

「我不想催你……」魚腳司說。「可是我們現在有點趕時間。」

「也是。」小嗝嗝說。「我一直有種不好的預感，總覺得有東西在跟蹤我們……」

「你怎麼會覺得有東西在跟蹤我們？」魚腳司驚恐地尖聲說。

「只是我的感覺而已……」小嗝嗝說。

「也可能是我的錯覺吧。暴飛飛，現在要離開圖書館的話，該往哪邊走？」

「往右。」暴飛飛說。

神楓正準備左轉……陰影中卻有高高瘦瘦的身影走出來，擋在他們面前。

「圖書館裡不准喧譁。」那個東西悄聲說。刺耳的金屬摩擦聲響起，「它」從兩個劍鞘抽出割心雙劍，舉到神楓臉龐兩側。

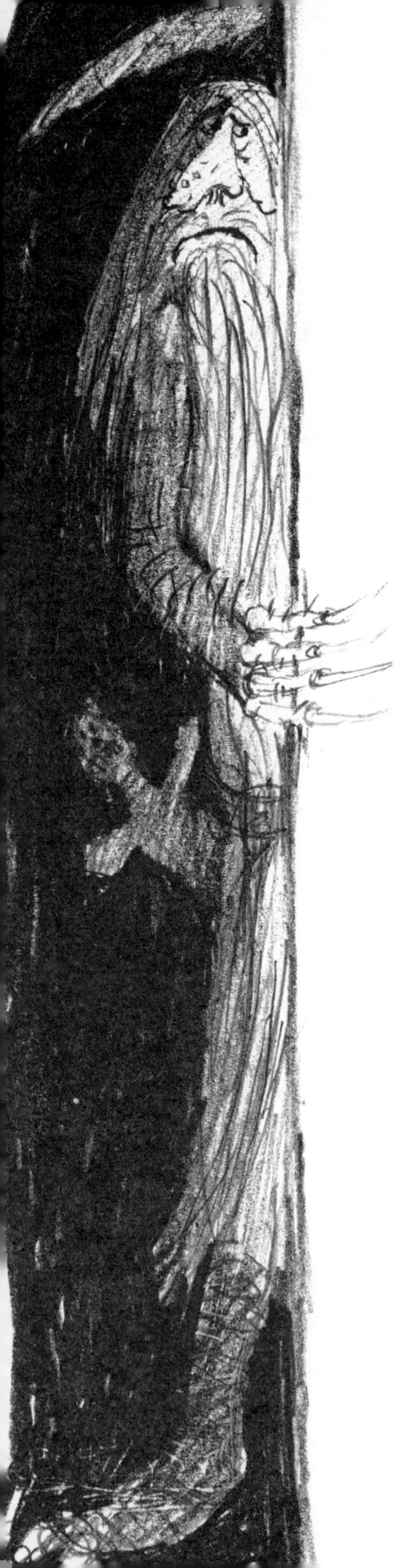

「噓⋯⋯⋯⋯⋯⋯」它說。

第九章　毛骨悚然圖書館員

「它」是個和掃帚一樣又高又瘦的男人，他頂著亂糟糟的頭髮，鬍子長到可以用來擦腳，所以塞在皮帶裡。皮帶上還掛上各式各樣的武器，有戰斧、長劍和可怕的北方弓。

小嗝嗝立刻認出這個人，這個人去過好幾次長老會議，他就是毛骨悚然圖書館員。不知為何，在空曠的外頭、身邊都是維京同胞時，圖書館員沒有現在這麼嚇人。此時此刻，在森冷黑暗的圖書館裡，他睜著冰冷、憂傷、視力極差的雙眼，說話時彷彿喉嚨裝滿碎玻璃……他真的令人毛骨悚然。

「圖書館不對外開放。」毛骨悚然圖書館員沙啞地說。

神楓倒退遠離圖書館員。「呃……嗯，我們這就離開……」她輕輕抽出自己的劍。

「噓……」圖書館員說。「我的其中一本書在妳朋友背包裡。我們圖書館**嚴禁**外借書籍，請把書還給我，否則我再怎麼不情願，還是得殺了你們。」

小嗝嗝也拔出長劍。

（魚腳司**試著**拔劍，可是他的劍卡在劍鞘裡了，怎麼使勁也拔不出來。）

「真的、真的很抱歉，」小嗝嗝禮貌地說。他真的發自內心感到抱歉，因為他這個人天生不愛偷東西。「可是我真的、真的很需要這本書，這件事攸關生死。」他接著用比較不禮貌的語氣，帶點不悅地說：「而且這些本來就不是『你的』書，它們是所有維京民族的財產，我們所有人都有資格讀這些書。圖書館應該對外開放，讓大家都接觸書裡重要的資訊才對。」

「既然如此，我也非常抱歉，」毛骨悚然圖書館員輕聲說，邊憂傷地搖頭，用左手將第二把劍拔出鞘。「在我看來，這些書都是**我的東西**。」他視力不佳的眼中閃現貪婪、得意又瘋狂的光芒。「你應該在『那東西會議』對所有部族提起這件事才對……但他們應該聽不進去，因為是他們把書當成**危險物品**，是他們下令禁止維京人擁有書籍。另外，你不太可能參加『那東西會議』，因為你馬上就要**死得透透的**了。」

圖書館員衝上前，用右手的劍攻擊小嗝嗝、左手的劍攻擊神楓，三人迅速開打。

「我們不能像正常人那樣，理性地坐下來談談嗎？」小嗝嗝問。他閃開圖書館員鋒利的劍，接著踏上前刺出一劍。

「我有說過自己很理性嗎？」圖書館員驚訝地悄聲說。

「扁他！」沒牙尖喊。龍族不愧是龍族，遇到戰鬥場面總是興奮不已。

「**把他撕成碎片！踩扁他！咬他！把他的蛋全部偷走！**」

圖書館員劍鬥術極佳，能同時和劍術超群的神楓和小嗝嗝戰鬥。

「喔喔喔喔，你雖然是愚蠢傻瓜，劍鬥術倒是不錯嘛。」神楓驚喜地說。圖書館員擋下她的雙旋洛基撲擊，使出一招索爾刺擊與兩招旋轉揮砍。

神楓最愛和劍技高明的對手對戰了。

「安靜點，」毛骨悚然圖書館員嘶聲說。「還是你們想吸引鑽孔龍過來？你們想**死**在鑽孔龍的鼻鑽下嗎？那種死法太不漂亮了，還是讓我用割心劍快快送你們上英靈神殿比較好，不過說到底，要怎麼死是你們自

己的選擇……」

小嗝嗝打得非常好，他巧妙地閃過圖書館員凶猛的攻擊，在神楓把劍揮得像龍捲風的同時，小嗝嗝也對圖書館員刺出幾劍。

沒牙和暴飛飛加入了戰局，牠們無禮地幫自家主人加油，邊盡可能飛近圖書館員，偷咬他的手臂引他分心。

然而圖書館員毫無敗象，也沒有受兩隻小

龍的攻擊影響。他是個身材高大、身強體壯的成年人，比小嗝嗝和神楓都厲害許多，能夠和雜耍藝人一樣保持平常心，一次面對兩個對手，每一劍都刺向他們的心臟。

「神楓，我有種不好的預感。」圖書館員架開他的「始料未及左手刺劍」時，小嗝嗝有點緊張地說。「這傢伙搞不好跟大英雄超自命不凡一樣是閃劍高手。」（註3）

「其實我也在想這件事，」神楓饒富興趣地說。「只有閃劍高手能擋下換手式……上尖……還有陰森金刺……他怎麼還活著……」

閃劍高手是最高等級的劍術師，他們全都是閃燒大師的學生，在閃燒劍鬥術學院研習過劍術，幾乎無人能敵。

「我**的確是**閃劍高手。」毛骨悚然圖書館員嘶啞開口，臉上浮現嚇人的陰森

註3　詳情請見《馴龍高手V：滅絕龍與火焰石》。

笑容。「我要用我的割心劍宰了你們……把你們從尖叫口……」毛骨悚然圖書館員往右刺向神楓的喉嚨，她及時逼圖書館員改變出劍方向，皮膚只有稍微割傷。「……到食物洗衣籃……全部割開……」他往左刺向小嗝嗝的胃部，小嗝嗝勉強在肚子被刺穿前往下揮劍，僅被稍微劃傷皮膚。

「魚腳司！」小嗝嗝顫抖著高喊。「快幫忙！你去那邊的劍鬥術書區，我剛剛看到一本閃燒大師寫的書，說不定書裡有提到打敗劍術大師的方法……」

過去十分鐘，魚腳司持續奮力拔劍卻徒勞無功。一聽小嗝嗝這麼說，他連忙衝到劍鬥術書區，用不停發抖的手指順著「F」字母開頭的書櫃掃過去。

「……凶刺……戰強……有了！閃燒！」他把標題為《有個性的劍鬥術》的厚重書籍取下，快速翻頁尋找和劍術大師有關的章節。

毛骨悚然圖書館員越打越疑惑，他不明白自己為何打了這麼久還沒贏，他可是向世界知名的閃燒大師一對一學習了十年，是實力強勁的閃劍高手，尋常人都不是他的對手。

好吧，這可能是因為他這次一打二，所以拖得比較久……但沒道理啊，對方是兩個「小孩」，一個比小蝦米還瘦弱，一個是身材嬌小的金髮女孩，以孩童來說，他們的劍鬥術十分出色，但他應該早在五分鐘前就把他們變成兩具小屍體、用鬍子擦乾割心劍上的血液並結束這場鬧劇了才對啊。

「你們怎麼還沒死？」毛骨悚然圖書館員詫異地低聲說。「你們這麼小、這麼弱，我想不明白，你們為什麼還沒變成蚯蚓的漢堡……」

話雖如此，毛骨悚然圖書館員還是覺得勝券在握。

他集中精神準備最終一擊，甚至閉上雙眼讓自己完全看不見周遭，才能更完美地運用奧丁大神賜予他的力量……他以駭人的準度刺向左方與右方。

兩把割心劍同時架開小嗝嗝和神楓的劍，像紅外線飛彈般朝兩人心臟直直刺去……

……在這危急的瞬間，魚腳司正焦急地翻閱《有個性的劍鬥術》，喃喃唸道：「刺擊……格擋……翻筋斗……真是的，我的龍蝦啊！」

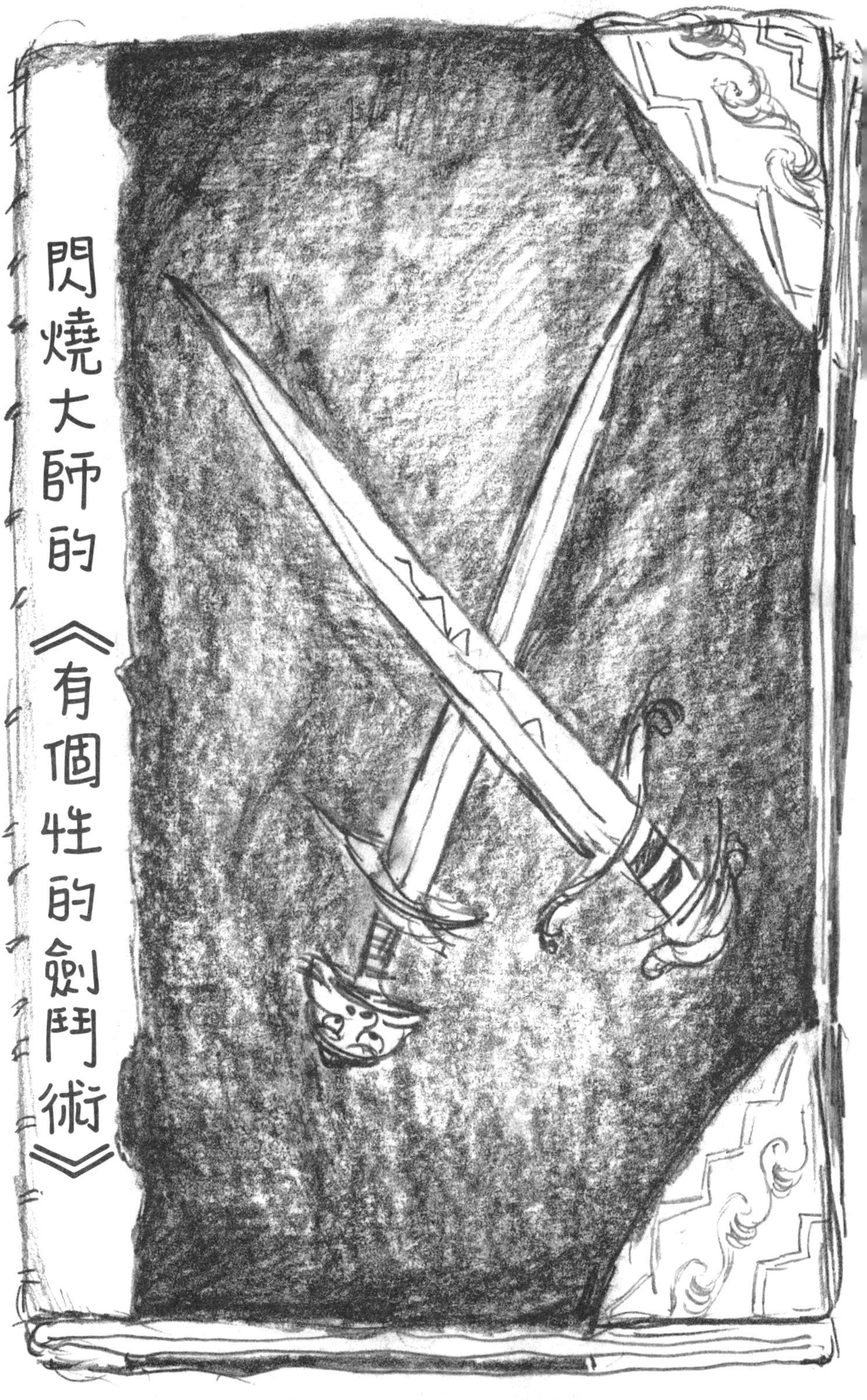
閃燒大師的《有個性的劍鬥術》

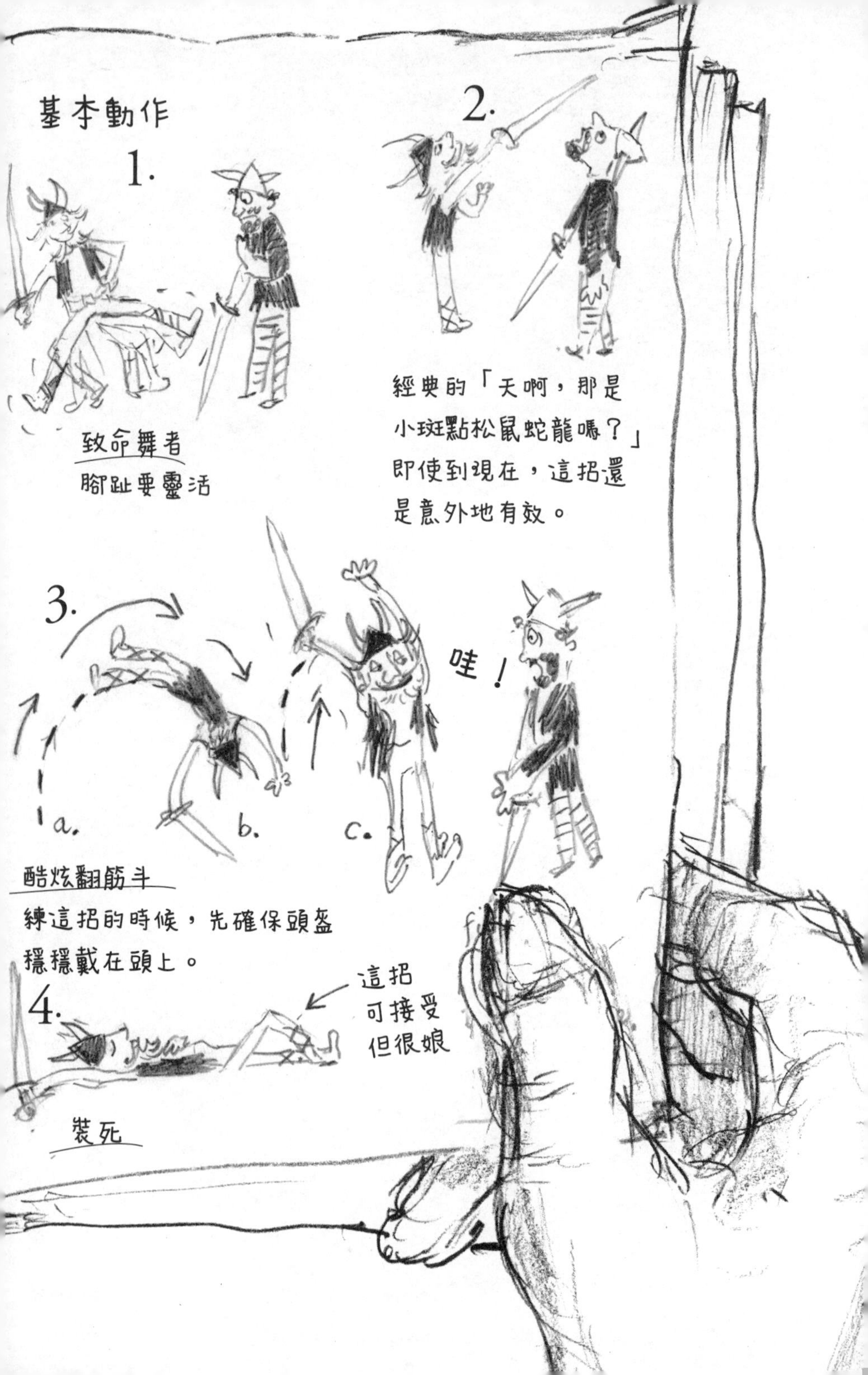
基本動作
1.
致命舞者
腳趾要靈活
2.
經典的「天啊，那是小斑點松鼠蛇龍嗎？」即使到現在，這招還是意外地有效。
3.
a.
b.
c.
哇！
酷炫翻筋斗
練這招的時候，先確保頭盔穩穩戴在頭上。
4.
這招可接受但很娘
裝死

大多數維京人完全不懂劍鬥術，在這些人看來，戰鬥就是大聲叫喊，一邊敲別人的頭，只有我——閃劍高手閃燒大師——這種天才能教導那些愚昧無知的野蠻人如何刺擊、格擋，以及使出雙旋左手上尖。

這是我——閃劍高手閃燒大師——的畫像，我是不是很英俊、很聰明、很瀟灑？請注意我漂亮的八字鬍和超大超壯觀的肌肉！

不知為何，一直有維京同胞想攻擊我——可能是嫉妒吧。因此，我練就了一身完美的劍鬥術，現在我已是等級最高的鬥劍專家，我超級厲害。我將在這本書中盡量用你這種笨蛋都聽得懂的方式，解說一些比較簡單的招式。

閃踢刺東東
小心
別閃到腰
別忘了，你已
經不年輕了

催眠拋接
術
小心別讓
自己被
催眠
經典的
我蒙著眼睛都沒
問題，是不是很
厲害啊！

守則46：永遠保持鎮定。

無論面對多大的壓力、多危急的處境，英雄都要保持鎮定、保持冷靜。

你該知道的劍術知識
……還有更多喔！
想學劍鬥術，就一定要去閃燒劍鬥術學院。有了這本書，你不必行經血流灣的龍族孵蛋地，千里迢迢去上學，也能學會劍鬥術。
《有個性的劍鬥術》書評：
「閃燒是天才！」
——閃劍高手閃燒大師
身武藝都是大師教的。」
英雄超自命不凡
閃燒大師的《有個性的劍鬥術》

他緊抓住沉重的《有個性的劍鬥術》，全力砸向毛骨悚然圖書館員的頭。

書本伴隨自信滿滿的**砰！**一聲，打在圖書館員頭部，本就因同時往左右刺擊而重心不穩的圖書館員被魚腳司打得踉蹌一步，兩把割心劍往上偏，只差一點點就要刺到小嗝嗝和神楓。毛骨悚然圖書館員身體一晃……他失去平衡，重重摔在地板上……在空中揮動的一隻手，無意中拍倒了暴飛飛。

毛骨悚然圖書館員腳上穿著龍皮及膝長靴，可是他的屁股和地板之間只隔著一層薄薄的皮革褲子。還記得嗎？圖書館地板到處都是火紅癢龍喔。

因此，在他乾乾瘦瘦的屁股碰到地板那一瞬間，多得像恆河沙子的小癢龍全爬上他毛骨悚然的肚皮、毛骨悚然的胸口、毛骨悚然的頭皮，甚至從龍皮靴

的開口湧進鞋子裡。

毛骨悚然圖書館員彷彿遭受電擊，整個人跳了起來。

他比任何人都清楚圖書館裡面嚴禁大聲喧譁，所以他拋下手中的

劍，用雙手摀住嘴，忍笑忍到整張臉漲成紫色。

被火紅癢龍攻擊，就像全身上下的神經末梢同時被搔癢。

這種感覺比螞蟻爬進褲子還要糟糕**無數倍**，害毛骨悚然圖書館員瘋狂地跳來跳去，不停抓癢。

「**唔嗯嗚咿呃嘶嘶嘶嘶**。」毛骨悚然圖書館員發出一連串怪音。「**唔嗯嗚咿呃嘶嘶嘶**。」

癢龍順著他的小腿往下爬，爬到他的腳底。

毛骨悚然圖書館員受不了了。

他忘了不能喧譁。

他什麼都忘了。

圖書館員發出二十五年來第一聲大笑。

「**哈哈哈哈哈哈哈哈**！」毛骨悚然圖書館員爆笑。

然後是：

「**哈哈嘿嘿真是的我的老索爾啊快住手哈啊啊哈哈啊啊啊！嘿！**」

圖書館員知道通往出口的最快路徑，飛也似地逃往那個方向，邊跑邊笑、邊抓癢、邊歇斯底里地尖叫：

「**快逃命啊！嘿嘿！**

請快速又冷靜地朝出口前進！

請勿推擠！

請勿推擠！

哈哈哈！

哈哈！快撤離圖書館！

哈哈哈哈！」

這時候，小嗝嗝、魚腳司、神楓和沒牙應該聽從圖書館員的指示，跟在他身後逃出去。

但他們的注意力並不在毛骨悚然圖書館員身上。

神楓抱起癱軟的暴飛飛，把牠攬在懷中。「小騙子，快醒醒……」神楓悄聲說。「拜託……別這樣……」

小嗝嗝震驚地發現，平時只關心自己的沒牙快哭出來了，牠正努力舔拭暴飛飛的腳爪，試圖喚醒牠。

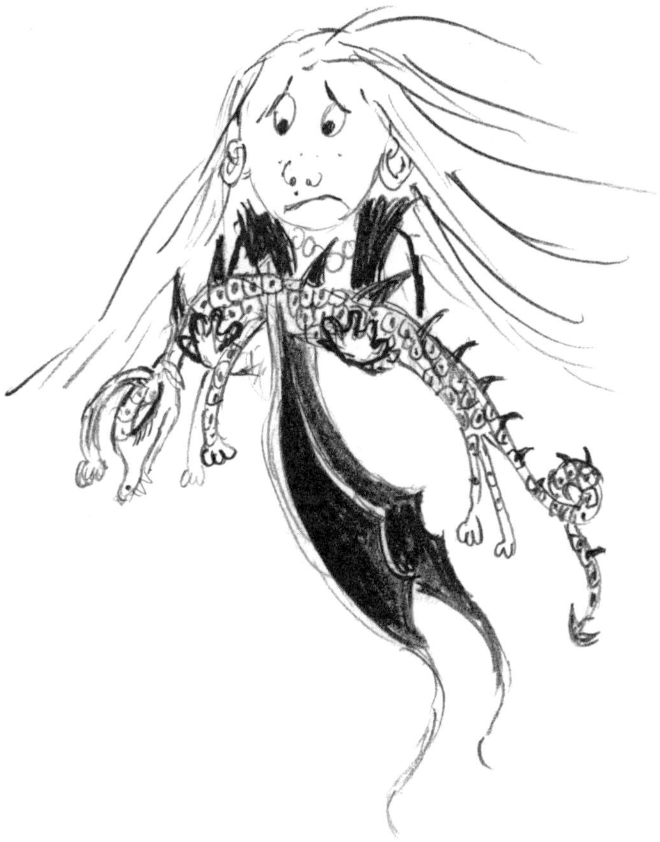

「我是誰？」
暴飛飛問。
「我怎麼在用
腫腫舌語說話？」

第十章　麻煩大了

暴飛飛全身慘白……看起來一點也不好……不過幾分鐘過後，牠又漸漸恢復之前的金色，漂亮的睫毛顫了顫，終於睜開雙眼。

「**她還活、活、活著！**」沒牙開心地大喊，在空中翻了個筋斗。

「感謝索爾。」神楓鬆一口氣。「妳感覺怎麼樣？有沒有哪裡不舒服？」

「我感覺像隻被什麼東西敲到頭的龍。」暴飛飛邊說邊揉雙角之間的腫包。

「妳是誰？」

「什麼我是誰？」神楓詫異地說。「我是神楓，是妳的主人啊。」

「那這個長得像魚的男孩是誰？還有那個滿臉雀斑的紅髮瘦皮猴呢？最重

要的問題是，**我是誰**？而且……」暴飛飛越說越驚恐。「……我怎麼在用腫腫舌語說話？」

「妳是暴飛飛，妳、妳本來就會說諾斯語啊。」神楓結結巴巴地說。「暴飛飛，我們現在沒時間開玩笑……」

「我沒有開玩笑。」暴飛飛說。

小嗝嗝擔憂地發現，暴飛飛說出這句話時，身體完全沒有變紫色。

「我在這間黑漆漆、冷冰冰的地牢裡做什麼？」暴飛飛問。

「這件事說來話長。」小嗝嗝連忙說。「重點是，妳還記得要怎麼**離開**這裡嗎？」

「這個嘛，」暴飛飛揉著頭說。「我不記得我是怎麼**進來**的，怎麼可能記得要走哪條路**離開**？」

三個小維京人陷入死寂，這才意識到自己碰上了麻煩。

麻煩可大了。

毛骨悚然圖書館員尖叫著逃出房間後，圖書館似乎變得比剛才更黑，螢火龍的光芒一隻隻減弱，走廊上迴響著毛骨悚然圖書館員瘋瘋癲癲的笑聲。

圖書館彷彿在嘲笑他們。

嘿……嘿……嘿……嘿……圖書館笑道。

嘿……嘿……嘿……嘿……嘿……

除了笑聲，小嗝嗝腦中還不斷迴響著一句話：「安靜點……還是你們想吸引鑽孔龍過來？你們想**死**在鑽孔龍的鼻鑽下嗎？那種死法太不漂亮了……」

小嗝嗝用力吞口口水。

圖書館不再發笑，城堡內的寂靜變得無比厚重、震耳欲聾，彷彿伸出手就能觸碰這片寂靜的實體。

他緊張兮兮地豎起耳朵，努力在黑暗中尋找聲響。

那個模糊的吸氣聲，會不會是鑽孔龍狩獵的聲音？那遙遠的鼓聲，會不會是奔跑的腳步聲？還有那個輕柔、陰森的震動，會不會是遠處哪隻龍的鼻鑽在嗡嗡作響？

「好啦，」小嗝嗝輕聲說。他的心七上八下地撞擊肋骨內側，卻仍竭力保持平穩，畢竟其他人和龍似乎都沒聽到那些聲響，還是別害他們太擔心好了。

「反正我們先出發，看看暴飛飛會不會突然想起什麼。暴飛飛，妳覺得我們該先往哪個方向走？」

「你在對『我』說話嗎？」暴飛飛用翅膀指

著自己問。

「對，」小嗝嗝小聲回答。「暴飛飛是妳的名字。」

「我喜歡『暴飛飛』這個名字，它很有個性。」暴飛飛愉快地說。「可是我真的不知道要往哪邊走才對。往右邊如何？」

「那……我們要往右嗎？」魚腳司問。「還是往左？你們覺得她腦袋被敲了一下，是不是就變誠實了？」

「她看起來還是金色的，」小嗝嗝試著在黑暗中看清暴飛飛的體色。「我們往右好了。」

「怎麼有這麼棒的事。」魚腳司說。「我們的嚮導不僅是騙子，還失憶了……好棒。超級棒。**真是太棒了**。」

「還不都是你的錯。」神楓怒嗆。「誰叫你來幫忙的？那個老頭子剛才被我們打得**落花流水**耶！我們差點就打敗他了！」

「你們差點就打敗他？」魚腳司不以為然。「什麼叫『你們差點就打敗他』？妳差點被他用劍刺穿、做成沼澤盜賊串燒，這也叫差點打敗他？哎呀，我太蠢了，我還以為我救了妳一命，妳應該感謝我才對……可是**我錯了**，妳其實很想被他做成串燒，對不對……」

「**你們能不能安靜點？**」小嗝嗝緊張地用氣音說。他跟著振翅飛往右邊的暴飛飛，被敲到頭的暴飛飛現在飛得左搖右晃，不時會撞到東西。

「先生，抱歉啦。」暴飛飛對書架道歉。「大家往這邊走，我覺得我快恢復記憶了……」

暴飛飛雖然一直撞到東西，牠的信心還是讓小嗝嗝他們打起精神繼續走。

然而，一行人在圖書館走了半個小時還是沒看到出口，信心又漸漸消失了。

「暴飛飛，妳其實根本不知道這裡是哪裡吧？」魚腳司喘著氣問。

「這個嘛……」暴飛飛說。「這裡感覺是個有很多、很多**書**，很陰森又很大的地方……好吧我放棄……這裡是學校嗎？**快點，往這邊！**」

牠興奮地往反方向飛。

「我的雷神索爾啊。」魚腳司哀嘆一聲，跌跌撞撞地跟上去。

十分鐘後，他氣喘發作，不得不喊停。「讓我休息一下……」可憐的魚腳司氣喘如牛。「反正我們還是不知道要往哪裡走。」

「好，」小嗝嗝小聲回答。他焦慮地環顧四周，剛才聽到的聲音似乎更近了，但其他人都沒注意到那些聲響。「我們可以停下來休息，可是過一下就要繼續走了……」

魚腳司靠在旁邊的書架上喘氣。

不幸的是，沒牙正好也趴在書架上休息，在黑暗中什麼也看不清楚的魚腳司不小心戳了牠肚子一下。

沒牙可不是那種願意默默忍痛的龍。

「**咿咿咿咿啊啊啊啊啊啊！**」沒牙尖叫。

「噓——————！」小嗝嗝嘶聲說。

城堡走廊傳來令人心驚膽顫的巨響，起初是低沉的震動聲，穿透龍皮鞋傳

孔！

到小嗝嗝腳底，接著越來越響，化為掠食動物駭人的「吼叫」。那個聲音順著走道、穿過走廊，在書本與書架間反彈，讓三個驚嚇不已的小維京人和兩隻小龍的耳膜震顫不停。過不久，小嗝嗝覺得整間圖書館都迴盪著轟然的聲響，彷彿被囚禁在滿是獅子的籠子，而且那些獅子很久沒吃東西了。

現在，小嗝嗝很清楚那些聲音的來源——那是一群生物的腳步聲，一開始步行的無數隻腳開始狂奔，**鑽孔龍群**在圖書館東奔西走，尋找獵物，飢餓地旋轉「鼻鑽」。

吼、吼、
哼哼……
嗅嗅……
嗚嗚……

吼吼！

第十一章　跟鑽孔龍玩捉迷藏

神楓、小嗝嗝和魚腳司像聽到狩獵隊逼近的狐狸，轉身全速朝著聲音的反方向，沿著蜿蜒扭曲的廊道狂奔。此時此刻，圖書館充斥可怕的尖叫、嘶吼與叫喊，所有聲響迴盪在走廊上，形成混亂巨響，撼天動地。

「哦哦哦！」暴飛飛開心地尖聲說。「現在要玩什麼？是捉迷藏嗎？是嗎？是嗎？我**最愛**玩捉迷藏了！」

「我們**又**在玩『全速逃離愛殺人的危險龍怪獸』遊戲了……」魚腳司喘著粗氣說。「可惡，我的運氣怎麼這麼差……」

「往這邊！有捷徑！」神楓高呼。他們爬上搖搖晃晃的梯子，爬了好一段距離來到天花板的洞口，接著手腳並用在通道裡又爬了一段路，再回到下面的走廊。

他們拐了個彎，看到一隻蹲伏在地、準備撲擊的鑽孔龍，神楓尖叫一聲推倒旁邊高高的書架，本就站不穩的書架倒在鑽孔龍身上。

他們在吵雜聲音中不停奔跑，一直跑、一直跑，直到魚腳司氣喘吁吁地停下腳步，大口喘著氣說：「我……真的……跑……不……下去……了……」

「我也是。」神楓疲憊地拔劍出鞘。「只能在這裡和他們拚命了。」

「鑽孔龍有那麼多隻，我們根本不可能打贏。」小嗝嗝喘著粗氣拔劍。

「既然這樣，」神楓頑強地唱起歌，藍眼中亮起好戰的光芒。「既然要『死』，就要死得像英雄，**奮戰到底！**」

「妳一定要說這種話嗎……」魚腳司可憐兮兮地說。

「快、快、快逃！」沒牙尖叫。「我覺得我們應該逃命！」

「好主意！」小嗝嗝讚許地說。「可是要往

哪裡逃？」

他說得很有道理。

他們無處可逃了。

「來吧！」神楓大喊。「幫我把這些書堆成路障！」她取下書架上的書，在房間入口疊成一堆，彷彿外頭數百隻飢腸轆轆的鑽孔龍奈何不了幾本書堆成的障礙。

魚腳司和沒牙跑去幫忙，暴飛飛還以為這是某種遊戲，一直歡笑著推倒書堆，小嗝嗝則環顧他們所在的房間，尋找**任何**能在這場絕望攻防戰派上用場的東西。

他瞥見書架上一抹閃爍不定的亮光。

就是它了。

對面書架上，有一本書在「發光」，它的周圍亮如白晝。

小嗝嗝走向閃閃發光的書，驚奇地倒抽一口氣。

書脊上寫著**他的名字**。

小嗝嗝‧何倫德斯‧黑線鱈幾個閃亮的金色大字。

有些人不相信世界上有命運這回事。

有些人選擇相信。我問你，小嗝嗝能剛好來到這個房間、剛好看到一本寫著自己名字的書，這個機率有多高？想想看，這種事有可能隨隨便便就發生嗎？機率一定超級無敵低，對不對？所以，我個人認為是命運指引他們來到這個房間，他們整天在類似的房間裡跑來跑去，每一間都滿是從地板延伸到天花板的書架，飄著淡淡的魚腥味。

但在這棟複雜而巨大的圖書館、在數以千計的房間當中，小嗝嗝一行人卻來到這個房間，看到唯一一本由「小嗝嗝‧何倫德斯‧黑線鱈」撰寫的書。

「啊呀我的剃刀蚌啊！」小嗝嗝目瞪口呆地驚呼，握劍的手緩緩垂下。「**太不可思議了！**這本書的作者，名字跟『我』一模一樣耶！」

小嗝嗝湊近一看，發現作者的名字和自己「不完全」一樣，那本書的作者是小嗝嗝・何倫德斯・黑線鱈「二世」。

「要不是我快**掛了**，我也會覺得那本書很有趣。」魚腳司抱怨著，邊手忙腳亂地把一疊疊書從架上取下來。外頭的腳步聲越來越響，在混亂、吵雜的噪音中越來越清晰。「我的雷神索爾啊，小嗝嗝你就不能來**幫幫我們**嗎？」

小嗝嗝沒聽到魚腳司的話，他痴迷地走向書架。「他應該是我的親戚吧，會不會是我的祖父？」小嗝嗝喃喃自語。「既然『我』是小嗝嗝三世，那應該就有一世和二世囉？」

小嗝嗝不曾想過這件事。「可是我父親從來沒提過小嗝嗝二世這號人物啊。」他緩慢地說。

而且史圖依克今早說過：「**何倫德斯・黑線鱈家的人怎麼可以寫書！**你那些恐怖的毛流氓祖先要是知道了，搞不好會從棺材跳出來教訓你！」

可是小嗝嗝的父親說謊，這裡就有個會寫書的何倫德斯・黑線鱈。小嗝嗝走近一看，險些笑出聲——這不可能是巧合，一定是命運的安排。架上那本閃亮的金綠色書本，是小嗝嗝‧何倫德斯‧黑線鱈二世寫的《危險龍族指南》，書名和小嗝嗝過去六個月寫的書、今早被史圖依克沒收的破爛筆記本**一模一樣**。

小嗝嗝取下那本書，書架飄落雲朵般的灰塵，黑暗中出現書背形狀的長方形亮光。

《危險龍族指南》是書架上唯一一本真正的書，其他都是只有幾公分深的假書背，成排黏在木板上。一聲響亮的「喀嚓」後，整面書架像門一樣靜靜打開。

書架門有點卡在圖書館地板上，小嗝嗝將它用力拉開的同時，明亮美麗的日光與泉水般清冽的新鮮空氣湧進房間。

門後是一條短短的密道，通往一圈明豔的藍天，門的內側寫著幾個字：**龍語專家之路**。

神楓與魚腳司不再瘋狂擺放路障，瞠目結舌地看著密道。神楓歡呼一聲跑過來，準備爬進密道。

小嗝嗝連忙出聲警告她，把她拉回來。即使外頭的自然光照得小嗝嗝頭暈目眩，依然看得出密道裡有東西——裡頭有一大堆沉睡的龍，每一隻都和大隻的蠑螈差不多。

「放開我啦！」神楓呼喊。「他們那麼小隻、長得那麼可愛……」

「相信我，」小嗝嗝嚴肅地說。「**他們一點都不可愛**。他們可是毒書龍……我的雷神索爾啊，**絕對不可以吵醒他們……**」

神楓、魚腳司和沒牙驚恐地僵立在原地。

如果被毒書龍咬到，你可以花大約四分之一秒咒罵自己的厄運，接著倒在地上死翹翹。

密道已經一百年沒人用過了，所以都是灰塵。

龍語專家之路

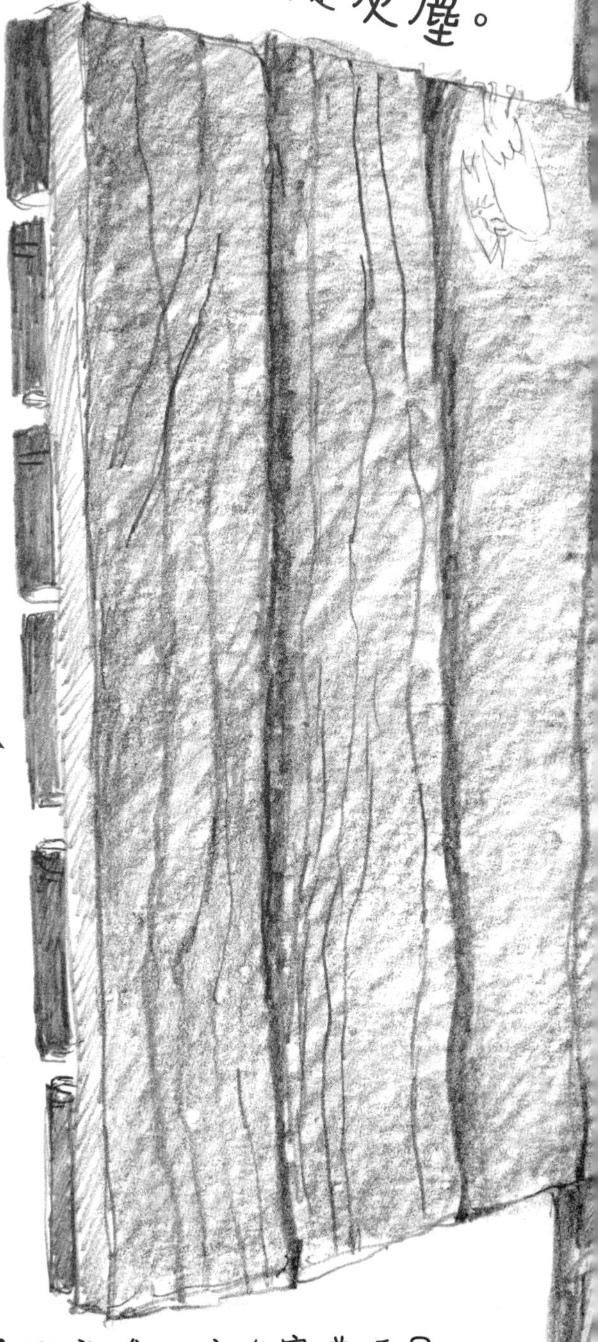

你願意進入這條密道嗎？

第十二章 《危險龍族指南》

現在，該怎麼對付毒書龍呢？

小嗝嗝是在六個月前發現對付毒書龍的方法，當時他在野龍崖賞龍，觀察牠們的習性……他把對付毒書龍的方法寫進筆記本，現在卻怎麼也想不起來。他焦急地閉上眼睛……到底是什麼？他的心往下沉。他們該不會要用蕁麻搔毒書龍的肚皮吧？不對，不對，那是對付致命納得的方法……幸好不是蕁麻，圖書館裡可沒有蕁麻。那答案是什麼？是不是要對牠們的眼睛吹氣？不對，那是毒夜影……

「小嗝嗝，現在該怎麼辦？」魚腳司悄聲問。他摀著耳朵，試圖阻擋逐漸接近的腳步聲。

「我們有沒有可能在不吵醒他們的情況下溜出去？」

命運彷彿聽到他的問句，離他們最近的毒書龍動了動身體，睜眼片刻，打了個哈欠，探出分岔的小舌頭。一滴紫色毒液滴到磚塊上。

它像強酸似的，伴隨著滋滋聲侵蝕石磚，洞裡冒出的紫煙形成小雲。

毒書龍再次闔眼。

「我的天啊……」魚腳司哀聲說。

如果父親沒沒收我的書就好了……小嗝嗝心想。

如果我有把《危險龍族指南》帶在身上就好了……等一下，我是笨蛋！我手邊就有一本《危險龍族指南》啊！

小嗝嗝低頭看著手裡這本布滿灰塵的厚書。

我的祖先一定在書裡寫了關於毒書龍的知識。小嗝嗝邊想邊翻開書。

再過幾分鐘，那一窩毒書龍就要醒了。

危險龍族指南
小嗝嗝•何倫德斯•
黑線鱈二世著

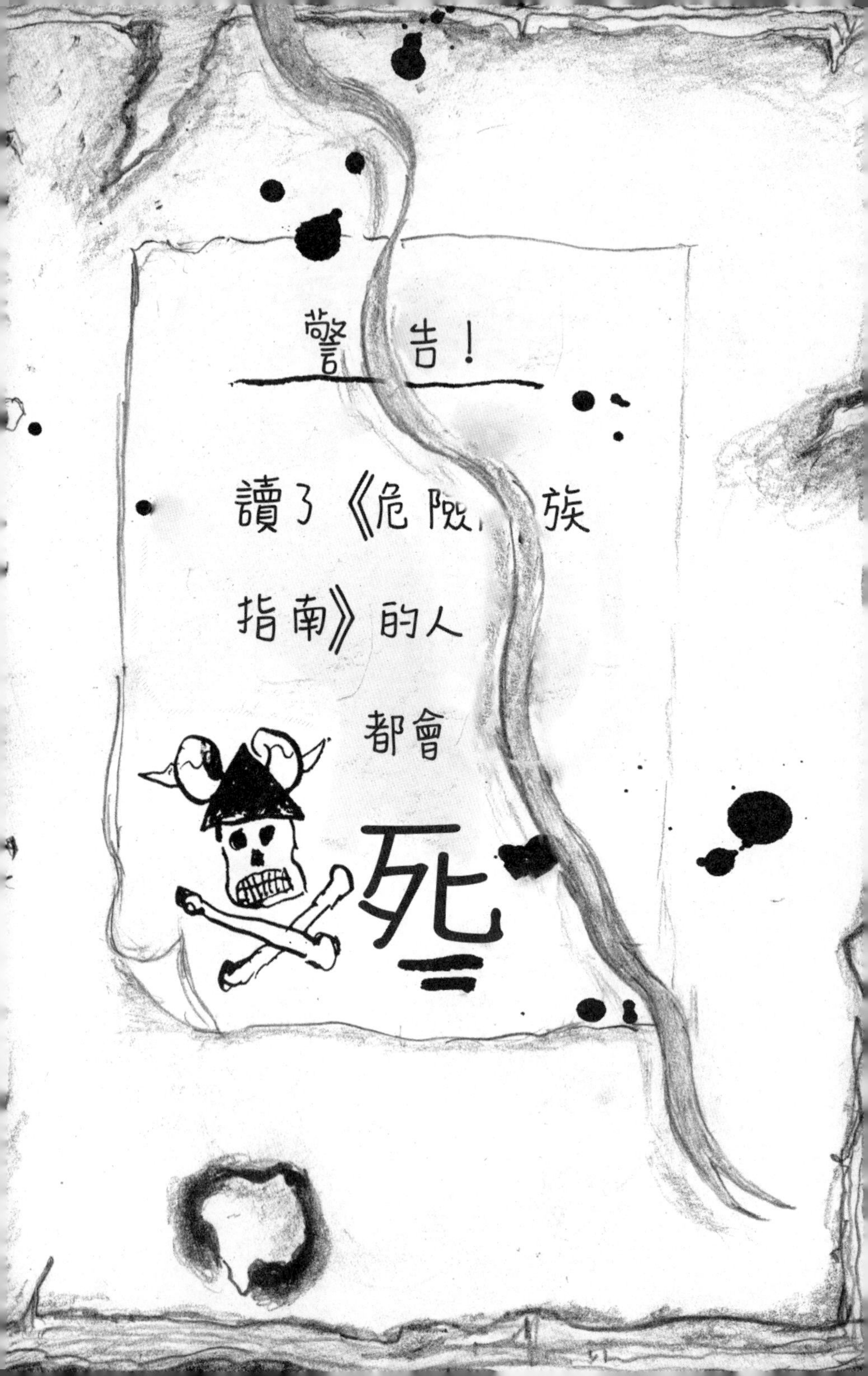
警告！
讀了《危險 族
指南》的人
都會
死

有人用大字，在第一頁寫了墨跡斑斑的警告聲明。

警告！

讀了《危險龍族指南》的人都會死

「**所有人**都會死啊，」小嗝嗝說。「……我們總有一天會死。」

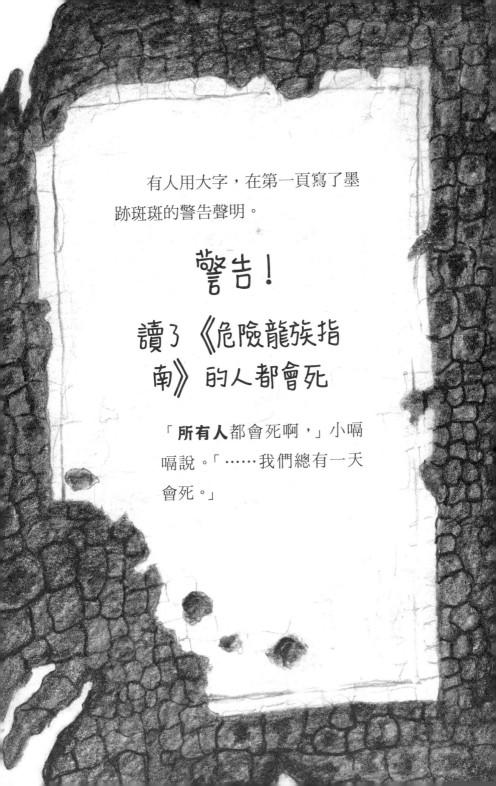

所有人都總有
一天會死。

他笑著翻到下一頁……

……這一次，小嗝嗝忍不住笑了出來，因為下一頁寫著這句話：

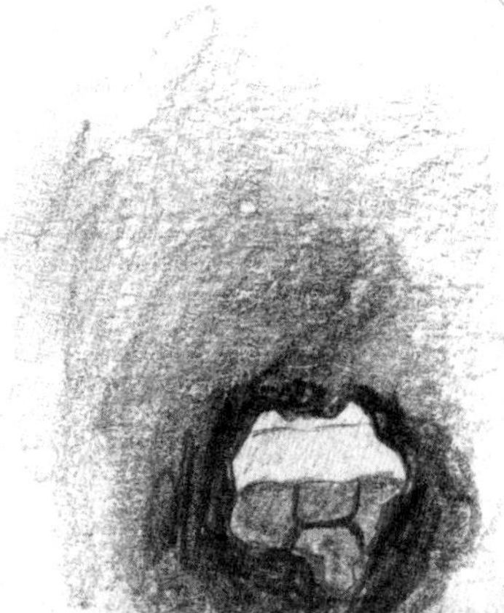

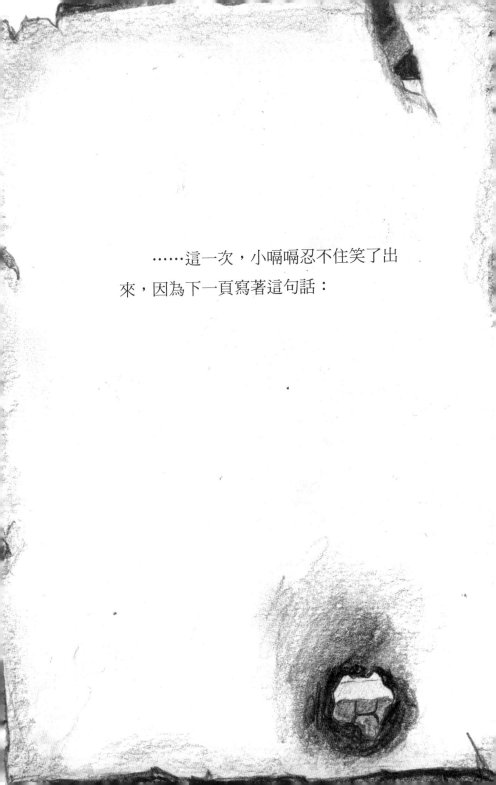

……結果他打擾了兩隻活生生的毒書龍寶寶，牠們原本窩在書頁之間啃食紙張，現在卻猛地停下動作，左邊那隻小毒書龍憤怒地尖叫一聲，脖子伸向前，尖銳的獠牙準備刺入小嗝嗝的手，然後……

……小嗝嗝及時把手抽回來，用力闔上書本，將牠丟到地上。魚腳司和神楓趕忙找幾本厚重的書壓在牠上面。

「那現在怎麼辦？」魚腳司驚恐地瞪大圓圓的雙眼問。

小毒書龍的尖叫聲吵醒了沉睡在密道中的毒書龍群，牠們開始不安地躁動，眼皮震顫著準備睜開。

該怎麼對付毒書龍？到底該怎麼對付毒書龍？小嗝嗝的腦袋無聲地尖叫。牠們是不是討厭黃色？不對，那是砷蛇翅龍……是不是要搔牠們耳朵後面的位置？不對，那是毒夜影。**到底是什麼？**

小嗝嗝試著回想筆記本的那一頁……

親愛的讀者，你又是什麼樣的英雄呢？如果你是小嗝嗝，你有辦法活下來嗎？你想做為英雄活下去，明天繼續戰鬥嗎？那你不能光精進劍鬥術，還得有優秀的記憶力，以及敏銳的觀察力。

請想像一下，你「現在」拿在手中這本書夾著一隻極度危險的龍，因此無法翻頁查找對付毒書龍的方法。

想像好了嗎？

不可以作弊喔。

請問，**該怎麼對付毒書龍？**

答案其實很簡單——至少，在小嗝嗝看來很簡單。

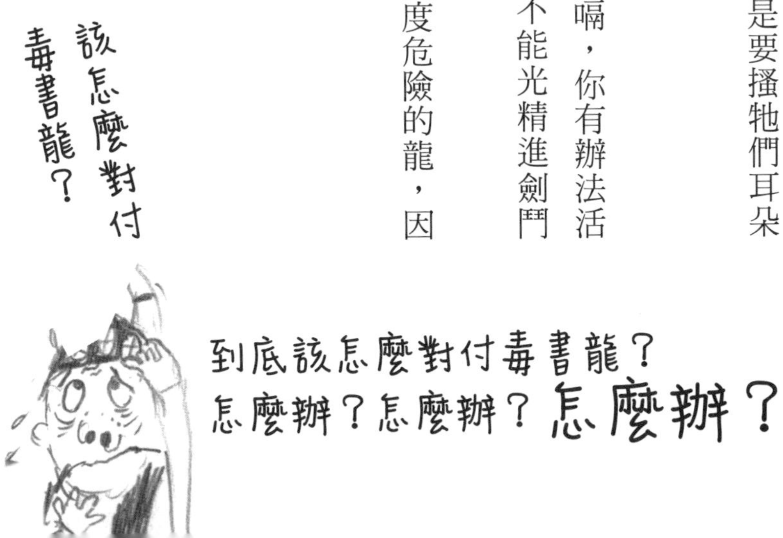
該怎麼對付毒書龍？
到底該怎麼對付毒書龍？
怎麼辦？怎麼辦？怎麼辦？

毒書龍受不了口哨聲。聽到口哨聲，牠們就會厭惡又懼怕地全身靜止，一根觸鬚、一塊肌肉也動不了，更沒辦法分泌毒液。

「快吹口哨！」小嗝嗝尖呼。「他們聽到口哨聲就不會動，也不會來傷害我們了！」

「你確定嗎？」魚腳司尖叫。

「不確定！」小嗝嗝說。「也可能要用蕁麻搔他們肚子，可是這地方沒有蕁麻，我們只能試試吹口哨這招了！」

這時候小維京人們才發現，人在害怕時很難吹口哨。三個小維京人——還有沒牙——都努力了，可是他們喉嚨乾燥、嘴唇不停顫抖，頂多發出卡卡的噴氣聲。

現在，鑽孔龍群的聲音已經大到似乎隨時會闖進房間，毒書龍群也睜開惺忪的眼睛，慢慢醒過來，發現巢穴被入侵，牠們脖子上的毒腺開始膨脹……

「我從沒聽過這麼難聽的口哨聲！」暴飛飛在他們頭頂飛來飛去，笑得很開心。

「暴飛飛！」小嗝嗝稍微鬆一口氣，對牠高喊。「那『妳』來示範怎麼吹口哨！」

「你在跟我說話嗎？」暴飛飛用翅膀指著自己說。

「**不然我是在跟誰說話！**」小嗝嗝不耐煩地大叫。

「好啦、好啦，急什麼……」暴飛飛笑著說。牠優雅地繞著小嗝嗝上空飛行，腳爪邊梳理頭頂的毛髮。「你們請龍做事要有禮貌啊……」

「**拜託妳！**」三個小維京人齊聲尖喊。

暴飛飛嘟起嘴，準備吹氣……然後停下動作。

「可是我什麼歌都不記得了，要吹什麼口哨？」牠緩緩地說。

「**隨便啦！**」三個小維京人齊聲尖叫。

雖然不知道那是什麼曲子，暴飛飛還是吹了沼澤盜賊族歌第一段旋律，吹幾句之後毒書龍全都張著嘴、露出毒牙，卻靜止不動，宛若堅硬的小石像。

小嗝嗝、魚腳司、神楓與沒牙手忙腳亂地爬進密道，盡量不去踩到石像般的小怪獸。

「暴飛飛，妳也快出來！」小嗝嗝命令吹著口哨、邊快樂地頭下腳上在房裡亂飛的心情龍。

「可是遊戲還沒結束！」暴飛飛愉悅地指出。「他們還沒找到我們啊！」

「**快點啦！**」小嗝嗝大喊。他伸手抓住暴飛飛的尾巴，把牠拖進密道。

然而寶貴的數秒消失了，為時已晚。

四頭成年鑽孔龍像四頭獅子，怒吼著跳進房間。

如果牠們再晚幾秒進來，就只看得到空蕩蕩的房間；但此時書架門敞開著，三個小維京人和兩隻小龍被困在密道裡，哪裡都去不成。

「他們**終於**找到我們了！」暴飛飛興奮地尖聲說。「好耶耶耶耶耶！」

「魚腳司快關門！」為首的鑽孔龍撲過來時，神楓和小嗝嗝尖叫。魚腳司試圖關閉書架門……

……可是鑽孔龍的鼻鑽尖端卡在門縫中，無論魚腳司再怎麼用力也關不上門。

第十三章　完蛋了

鼻鑽高速旋轉，三個用力推門的小維京人淋了滿身木屑。

鑽孔龍揚起碩大的頭顱，小嗝嗝他們抓不住書架門，整扇門再次敞開。

「好啦、好啦！」暴飛飛唱道。「不可以打架喔！」

鑽孔龍發出得意的暴虐吼聲，張開血盆大口跳上前。

小嗝嗝從密道天花板抓起一隻靜止不動的毒書龍，丟到鑽孔龍臉上。

前一秒，鑽孔龍還是隻威武的掠食動物。

後一秒，牠成了嚇得胡言亂語的小動物。

毒書龍保持石像的狀態，默默掉到地上，可是那四隻鑽孔龍依然驚恐地用後腿立起來，尖叫著轉身，爭先恐後地擠向門口。

魚腳司用力關上書架門。

三個小維京人跪伏在密道地上，四周都是毫無動靜的超危險毒書龍，密道裡迴響著大家安心的喘息聲。

跪在密道末端的小嗝嗝挪了挪身體，比起剛才隱龍放他們下來的位置，這裡離地面不算太遠，但還是很高、很高。小嗝嗝盡量不往下看。

他把頭探出去，壯著膽子呼喚隱龍。

拜託拜託讓隱龍聽到我們的聲音。他邊喊邊對雷神索爾祈禱。

索爾大概聽到小嗝嗝的願望了——我不得不說，這些年來，索爾其實對小嗝嗝照顧有加——上一秒他們眼前只有無盡藍天，下一秒天空變得黯淡了些，祕密武器模糊的輪廓出現在密道口。

「長官，您準備出發了嗎？」隱龍停在密道口的半空中，禮貌地問。

「你好啊……」暴飛飛媚笑著眨眨眼睛。「小帥哥，『你』是從哪冒出來的？」

沒牙嫉妒得全身膨脹。

「他才不帥！他是隱形的乖、乖、乖寶寶！」

魚腳司恨不得早點離開圖書館，甚至連沿著隱龍平伸的翅膀爬上龍背這種危險的動作，他都十分樂意地做了。

「長官，我們往哪裡飛？」三個小維京人繫緊安全帶後，隱龍問。

「下一站是『博克島』。」小嗝嗝說。

隱龍那遼闊得像信天翁般的翅膀迴旋一飛，小嗝嗝這才注意到空中飄著一股難聞的臭雞蛋味，顯然蠻荒群島上空不只他們幾個人。

放眼望去，空中滿滿都是龍。

一整支龍族軍隊正飛向小小的忘我島。

這些是體型龐大的馱龍，但牠們今天的任務不是載人，而是「攻擊」。

每隻龍的爪子下方都掛著一名全副武裝的維京戰士，每個戰士都拿著長劍，高聲喊出凶殘戰吼。凶殘部族來勢洶洶，目標是傻瓜公立圖書館。

軍隊進攻的動作整齊劃一，其實頗有美感。

馱龍群俯衝向圖書館大門，在恰到好處的時間點鬆開爪子，讓凶殘戰士安全落地後直接奔向從圖書館一湧而出的殘酷傻瓜戰士，雙方很快地打在一起。

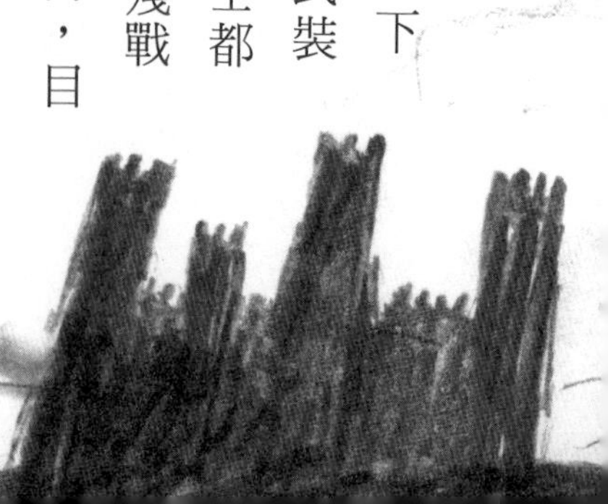

兩軍打得你死我活，凶殘部族占了上風，因為他們是戰力最強的野蠻人。

「**哈！**」魚腳司小聲對神楓說。「妳還說沒有人能追蹤這隻隱龍！要是我們晚五分鐘出來，被瘋肚逮個正著，那還得了！」

「嗯，你說得有道理。」神楓有點慚愧地承認。「趕快去告訴我母親，叫她盡早把隱龍丟了。」

小嗝嗝請隱龍低空飛行，朝博克島飛去，一路上，源源不絕的凶殘戰士與馱龍正從上方飛往忘我島。

「那個噁心的臭味……」暴飛飛皺起美麗的鼻孔，邊飛邊往上看。「那個味道感覺要讓我想起什麼……可是我還是想不起來……」

傻瓜雙島的北島與南島之間，有一道狹窄的「死亡之隙海峽」，維京人通常會避開它，因為那整道海峽都有危險的礁石。

但神楓卻驅策隱龍飛入海峽，進入狹窄的峽谷後，隱龍平飛在海面上方，在空中滑冰似地扭身避開岩石。

左側是高得不可思議的永恆崖。

右側是高得難以置信的不朽崖。

隱龍穿梭在兩座海崖之間，優雅地閃躲岩石，飛過危險的海域。飛出死亡之隙海峽時，三個小維京人和三隻龍都濺了滿身海水。

又一波海浪噴得他們渾身鹹水，耳朵被海風往後吹。就連魚腳司也暫時忘了那股噁心的氣味，和同伴們一起興奮地歡呼。

如果看到此時站在傻瓜公立圖書館門口把玩戰斧那個陰邪、黑暗的人影，魚腳司肯定高興不起來。那個人是凶殘瘋肚，他沒有放棄追蹤遭竊的隱龍，他的嗅龍群正興奮地在沙地嗅嗅聞聞。

「牠來過這裡……」齦潰瘍嘶聲說。「可是牠已經離開了，牠往那邊飛……」

他伸出戴著黑色手套的手，指向小小的博克島。

那邊是博克島……

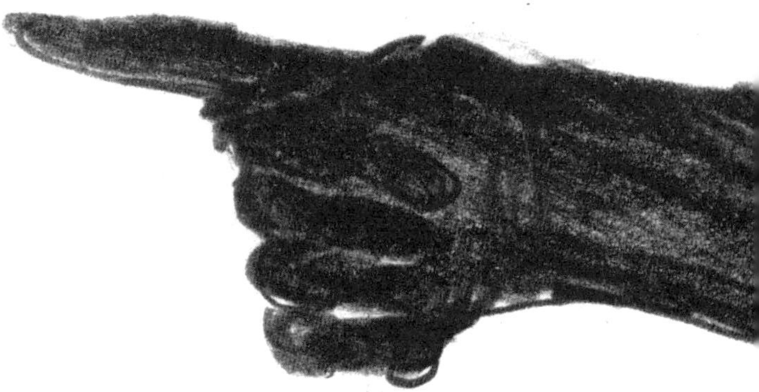

第十四章　瘋肚一定會氣瘋

史圖依克這天下午過得很不愉快，他要找的東西都找不著——不僅《馴龍新手指南》不見了，現在連兒子都不知所蹤。史圖依克覺得自己或許不該對小嗝嗝那麼凶，而且今天是他的生日，無論如何也該對他和善點。

可是書和兒子都消失了，史圖依克派全部族的人在博克島到處找他們，但就是找不到。太陽開始下山時，大胸柏莎掛著得意洋洋的笑容，大步走進毛流氓族長的小屋。

大胸柏莎曾用壯觀的大胸部殺過無數名戰士，她是個虎背熊腰的女人，遠遠看上去像隻穿裙子的長毛象。即使在跟別人一對一聊天時，依然會扯著嗓門大聲說話，彷彿正站在廣闊的戰場上，對遠在戰場另一頭的軍隊喊話。

「老疣豬史圖依克啊，這就是你的藏身處嗎？」她愉快地大喊，邊開玩笑地拉扯史圖依克的鬍子，害他氣得吹鬍子瞪眼睛。「你該不會想躲在這裡，等我忘記我們的賭約吧？我怎麼可能忘記？時間到，今天結束了，你還是做好心理準備，把那兩把戰斧交出來吧。史圖依克，你有辦法證明你們萵苣心、兔子腦、笨手笨腳的毛流氓部族，比我們沼澤盜賊部族還擅長盜竊嗎？」

史圖依克氣呼呼地挺起胸膛。「我們毛流氓是**全世界**最厲害的盜賊！」他邊喊邊對空揮拳。「我手下的一個戰士——打嗝戈伯——從傻瓜公立圖書館偷了一本書，而且沒被毛骨悚然圖書館員抓到！妳說，有什麼比這更厲害、更勇敢的盜竊行為？」

「不錯嘛、不錯嘛。」柏莎吹了聲口哨說。「那傢伙看起來像包笨重的馬鈴薯，我都沒想過他能辦到這種事。」她開心地左顧右盼。「所以呢？那本書在哪裡？」

「什麼書？」史圖依克試著拖時間。

「白痴，那本書啊！河馬臉好運從瘋瘋癲癲圖書館員那裡偷來的書呢？拿出來給我看啊。」

史圖依克挺起的胸膛微微縮了回去。「呃，這個，嗯，其實我也不懂，那本書今天早上還在我家，現在卻完全消失了，這事真的很奇怪。不好意思，妳只能相信我了……」

大胸柏莎已經很久沒聽到這麼好笑的笑話了，她捧腹大笑，笑得眼淚沿著臉頰流進她的鬍子。「**哈！哈！哈！哈！**」大胸柏莎笑彎了腰。「你太好笑了吧！你才剛說偷了一本書，結果把書『弄丟』了？」她一臉嘲諷。「我的提琴弓，我的蝌蚪尾巴啊！你們**根本**就沒去圖書館偷過書，因為毛流氓部族的盜竊技術太爛了，連從嬰兒手裡偷莓果也做不到！」

史圖依克開始考慮要不要揍她。

「算啦，史圖依克，」柏莎友善地用手肘撞撞他。「就算你們**真的**偷了一本

哈！哈！哈！
哈！哈！
哈！哈！哈！

沒用的小書，這場比賽還是我贏。來看看我昨天從凶殘瘋肚那裡偷來的好東西吧……跟我來……」

史圖依克低聲對偉大的雷神索爾碎碎唸，說了好些無禮的話。他跟在柏莎大搖大擺的屁股後面，一路走到龍廄。

柏莎在一扇特大號的木門前停下腳步，開起鎖。「我看這個隔間沒有龍，就擅自借用它來放贓物了，希望你不會介意……來見識見識**真正的**盜賊的能耐吧……」

柏莎戲劇化地打開門。「大塊頭史圖依克，睜大眼睛看清楚了！這是我親手從凶殘瘋肚那個笨蛋那邊偷來的，牠可是活生生、活跳跳，超強超稀有的隱龍！」

「索爾的拇指指甲啊！」史圖依克欽佩到忘了生氣，驚呼一聲。「瘋肚一定會氣瘋！」

「哼！」柏莎驕傲（又有點不明智）地說。「我們沼澤盜賊部族才不怕他那個臭呼呼的笨蛋呢！」

史圖依克盯著龍廄許久。「可是……可是……可是……柏莎，這裡沒東西啊……」

柏莎輕笑一聲。「呵呵，不然你以為瘋肚把隱龍當超級祕密武器，是為了什麼？」她對史圖依克解釋：「隱龍的偽裝能力太強了，所以幾乎隱形……」

「我是認真的，」史圖依克從隔間的一端走到另一端。「這裡真的**沒有東西**。」

柏莎跌跌撞撞地走進去，伸長了手臂尋找不僅隱形、還完完全全**消失**了的隱龍。她在隔間裡繞了三圈，才終於相信隱龍不見了。「我的拇囊腫啊！」大胸柏莎驚叫。「牠真的消失了！」

史圖依克哈哈大笑了起來。

「牠今天早上還在的！牠那麼大隻，跟玻璃一樣透明……今天早上明明還在的啊！」柏莎一臉不可置信。

「是啊是啊，」史圖依克笑得前仰後合，嘲諷地說。「我的肚臍啊，什麼隱形的龍！柏莎，妳這個笑話也太好笑了吧！這次打賭算妳贏，我送妳兩把『隱形』戰斧，好不好啊？」

大胸柏莎氣得整張臉變成藍莓紫，拳頭握得緊緊的。兩位族長忙著互相嘲諷、爭執，沒發現一個又高又瘦的人影從後方躡手躡腳地走近。

「你們兩個，把手舉到頭上，慢慢走出龍廄！」一道嘶啞難聽的聲音命令道。

第十五章　毛骨悚然圖書館員恐怖的一面

柏莎嚇到跳得老高，兩條辮子飛了起來，微微顫抖。她雖然虎背熊腰，轉身速度卻出奇地快——看到站在龍廄門口，舉著北方弓準備射箭的不過是毛骨悚然圖書館員，她鬆了一大口氣，差點暈過去。

「哎呀，毛骨悚然，原來是你啊。感謝索爾。」她用一隻大手拍著胸口說。

「我還以為你是凶殘瘋肚呢……」

「**柏莎，閉嘴，把妳那雙愛偷東西的手舉到頭上**。」圖書館員建議她。

柏莎和史圖依克發現，和他平時的模樣相比，圖書館員似乎有些心神不寧。毛骨悚然圖書館員的精神狀態本來就不太穩定，但癢龍爬進他褲子裡後，他完全崩潰了，現在眼裡閃爍著瘋狂的光芒，頭上有個大腫包，身體因為衣服裡一隻沒抓出來的癢龍而不停發抖。

「呃……毛骨悚然，你臉色看起來好差。」柏莎說。她禮貌地遵從圖書館員的指示，把手舉到頭上。「你要不要去躺下來休息一下？」

「妳以為我為什麼臉色很差！」毛骨悚然圖書館員尖吼。**「你們可惡的毛流氓和沼澤盜賊屁孩偷溜進我的圖書館，偷了我的一本書！」**

「你在說什麼啊！」偉大的史圖依克完全在狀況外，聽了毛骨悚然圖書館員的謾罵後忍不住怒吼。**「你好大的膽子，竟敢在我——偉大的史圖依克——的島上威脅我！給我滾回家，不然就別怪我不客氣！」**

「弓箭是握在我手裡，」圖書館員指出。「你還是別對我頤指氣使得好。你們兩家的小屁孩剛才闖進我的圖書館，」他接著

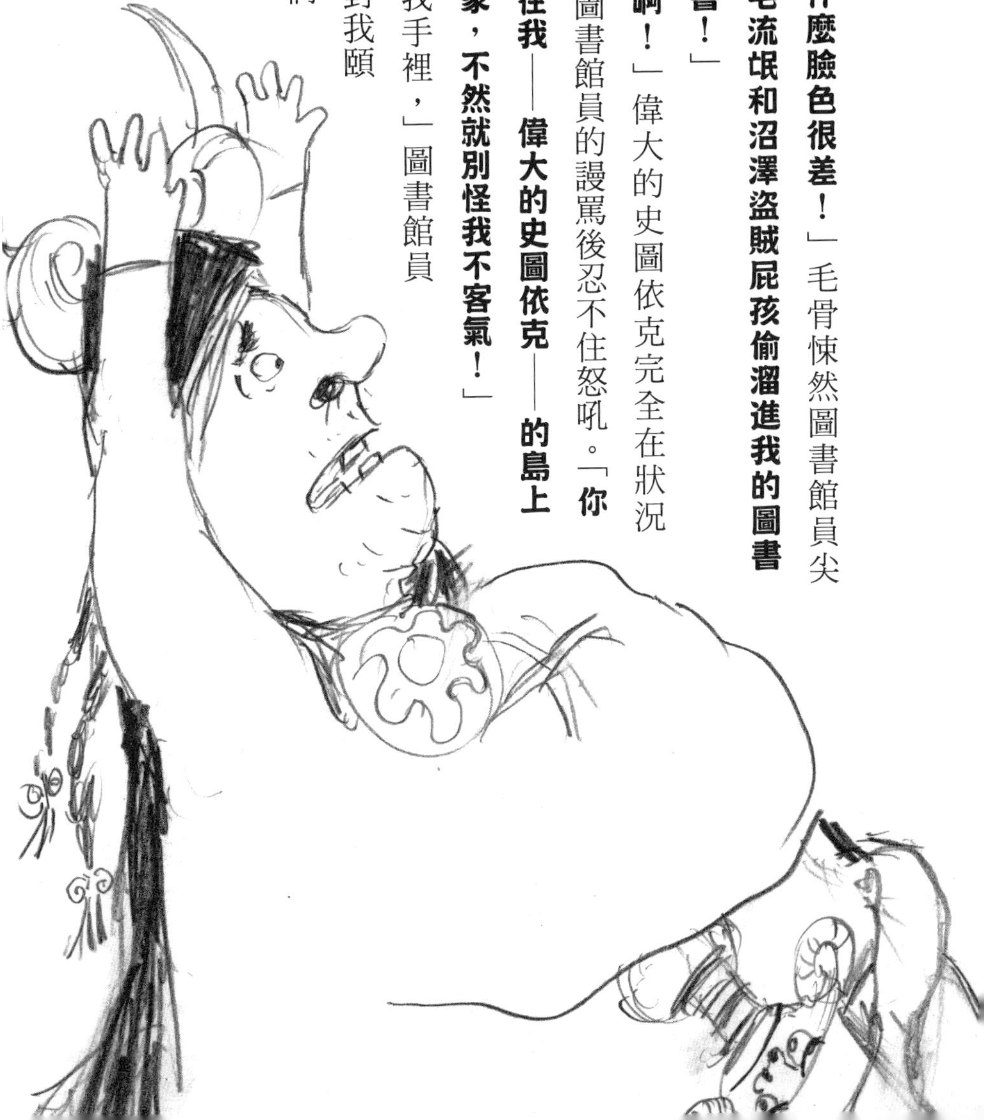

說。「偷了我的一本書……」

「你應該是認錯人了，」偉大的史圖依克意識到弓箭握在圖書館員手裡，無奈地放低音量。「野蠻人小孩都長得很像嘛……」

「你這個人的小孩跟別人不一樣，」圖書館員尖聲說。『你的』小孩不像別人家正常的維京小孩……他瘦瘦小小的，一頭鮮豔的紅頭髮，明明是族長的兒子還瘦巴巴的……」

「明明就有**很多**維京小孩瘦瘦的，他們還沒到長壯的年紀嘛！」史圖依克氣憤地抗議。「你看到的小孩可能是**別人的**啊！」

「他身邊有個魚臉男孩，還有個愛偷東西、沒大沒小的女孩。」毛骨悚然圖書館員繼續說。

「我家神楓才不會亂偷東西呢！」大胸柏莎高呼。

（柏莎交叉了高舉在頭上的手指。）

「**所有**沼澤盜賊都愛偷東西！」毛骨悚然圖書館員尖叫。「要是有可能的話，你們早就把樹林裡的樹全部塞進口袋偷走了！而且那幾個小屁孩要偷我最後一本《馴龍新手指南》，被我**逮個正著**，想賴也賴不掉！」

史圖依克內疚地跳了一下。

「**哈！**」圖書館員得意地高喊。「你**明明**就知道有這回事！所有人都想來偷我的書——這也是情有可原，畢竟我們是維京人——但無論如何，來我的圖書館偷書的人只要被抓到，就得付出代價，被我當場處死都不能有怨言。可是那幾個小屁孩根本不懂禮貌，他們沒有把手舉高，讓我用割心劍把他們刺死。」他的聲音嘶啞、怨憤，音調越來越高。「哼，他們還敲我的頭，把癢龍放進我的褲子！現在的年輕人真是無可救藥！」

聽到這番話，偉大的史圖依克忍不住驕傲地咧開笑容。**小嗝嗝，做得好！**他欣喜地想。

史圖依克的燦笑害毛骨悚然圖書館員氣得失控，搭在弦上的箭矢飛了出去，割斷大胸柏莎左邊的髮辮。柏莎和史圖依克根本來不及眨眼，圖書館員又將新的箭矢搭在弓弦上。

「**那三個小偷在哪裡？快告訴我，不然我就一箭射穿史圖依克。**」

柏莎試圖撇清自己和這件事的關係。「你在說什麼，我真的聽不懂，」她大聲說。「而且我最後一次看到女兒，已經是今天早上的事了。」

毛骨悚然圖書館員射出第二箭，箭矢直接插進偉大的史圖依克胸膛。

這時，原本掌控情勢的毛骨悚然圖書館員傻眼了。

史圖依克沒有倒在地上死去，反而平靜地拔出箭矢，將它折成兩半。

「怎、怎、怎麼可能！」毛骨悚然圖書館員面無血色、結結巴巴地說。「**你是怎麼做到的？**」

北方弓是全蠻荒群島最危險、最堅硬、最精準的弓，**從來沒有人**被射中後還能活下來。毛骨悚然圖書館員又把新的箭搭在弦上，準備射出第三箭。但他沒有再次射箭的機會。一隻近乎隱形的大型龍憑空出現，落在他身上。

他被壓扁了。壓得不能再扁。

第十六章　圖書館員被壓扁

小嗝嗝、神楓和魚腳司本想在別人發現《馴龍新手指南》被燒毀前，偷偷用他們偷來的版本取代原來那一本，並且在別人發現隱龍被偷之前，趕快把牠帶回龍廄。

不幸的是，小嗝嗝從隱龍隱形的翅膀邊緣往下看，看到自家父親與神楓的母親兩個大塊頭站在敞開的龍廄門前，高高瘦瘦、憤怒不已的毛骨悚然圖書館員則舉著弓箭對準他們。

他只好立刻改變計畫。「隱龍，降落在那個鬍子很長、身材很瘦的維京人身上！」小嗝嗝尖喊。「快一點！用力一點！」祕密武器聽話地俯衝，魚腳司驚恐地摀住雙眼，暴飛飛興奮地歡呼，沒牙則抱怨隱龍「又、又、又在耍帥了啦」。

微微閃爍的隱龍，精準地重重落在年邁的瘋子身上。

第十七章　六號劍

偉大的史圖依克和大胸柏莎活了這麼久，今天是第一次驚得啞口無言。

偉大的史圖依克目瞪口呆。「偉大的惡作劇之神洛基的黑心和巧舌啊！」他驚叫。史圖依克從沒見過隱龍，還以為雷神索爾決定用雷電之鎚敲下一塊天空，砸在氣憤不已的圖書館員頭上，拯救史圖依克和柏莎的命。

就連大胸柏莎也震驚不已，巨大的胸部劇烈起伏。

看到三個小人影小心翼翼地從瘋肚的隱形祕密武器背上爬下來，大胸部起伏得更劇烈了。

「喔喔喔，做得好！帥哥龍，你太厲害了！」暴飛飛繞著隱龍的頭飛來飛

去，瞪著大眼睛說。「你把他壓得好扁！」

「把一個人壓、壓、壓扁而已，哪裡厲、厲、厲害了！」沒牙嫉妒地嘶聲說。「誰都可以把人壓、壓、壓扁啊！你們看！沒牙也可以把他壓扁！」

小龍在毛骨悚然圖書館員不住顫抖的大腳上跳上跳下，圖書館員的其他部位都壓在隱龍閃爍著的美麗屁股下。

「神楓！」大胸柏莎氣呼呼

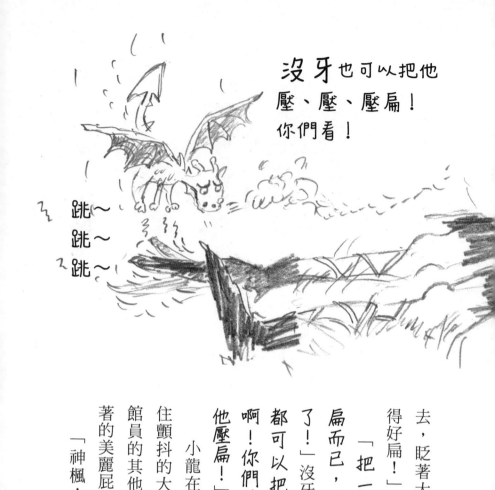

地罵道。「果然是妳！妳偷我的贓物做什麼！」

神楓天不怕地不怕，自然也不怕自己母親。

她雙手扠腰。「好嘛！」她大聲說。「我們特地**飛過來**，在妳被瘋狂圖書館員射死前一秒來救妳，結果妳不感謝我，還要**抱怨**！」

「**還有，**」大胸柏莎的聲音大到像維京霧角，在場每個維京人的耳膜都隨著音波震動。「**圖書館員為什麼要對我們射箭？我上次把妳從危險暴徒的地牢救出來，不是已經告訴過妳了嗎？『有些人』的東西妳愛偷就偷，沒有關係，像和平部族啊、平靜度日部族啊，妳去偷他們的東西嘛！可是『有些人』的東西不能偷，因為他們太危險了——神楓，同樣的話妳要我說幾次？**」

大胸柏莎和很多家長一樣，她說得**很有道理**，可惜**她自己**沒遵守這條規則。她太忙於罵人，其他人太忙於被罵，都沒人注意到一個邪惡、無賴的人影騎著龍，在離龍廄一百碼的地方降落，也沒有人看到他悄悄拿出兩把戰斧，嘴巴咧起不懷好意的醜陋笑容，臭雞蛋與黑線鱈難聞的腥味從斷裂的鋸齒狀牙齒之間飄出來。

只有在空中飛來飛去的暴飛飛注意到怪味，牠皺起漂亮的小鼻子，一臉嫌惡：「喔喔喔，好**噁心**喔！那是什麼臭味？」

嗅覺是我們最強的感官之一，暴飛飛近距離嗅到凶殘部族的惡臭，在圖書館被敲到頭而暫時停止運作的腦功能終於重新啟動，瞬間恢復了記憶。

「喔！那是臭臭人類凶殘瘋肚的味道！」牠興奮地高呼。「我想起來了！我是暴飛飛，我小時候就住在他們臭呼呼的凶殘群山裡。」

偉大的史圖依克、大胸柏莎、小嗝嗝、神楓與魚腳司臉色發白，慢慢轉頭，看到散發惡臭的凶殘瘋肚站在那裡，那雙冰冷無情的藍眼宛如兩片碎冰。

瘋肚不是孤身一人，他後方不遠處，有大約五十個悄無聲息地被馱龍放下來的祕密行動戰士，正拿起北方弓箭瞄準大胸柏莎胸口。

瘋肚對副手齜潰瘍低哼幾聲。「暴力的陛下，您想用六號劍嗎？」齜潰瘍問首領。他取下背上的武器籃，在裡頭翻翻找找。「陛下，您眼光真好，六號劍特別長、特別危險，最適合用來復仇了。」

齷潰瘍從籃子取出一把看起來很邪惡的長劍遞給瘋肚。瘋肚用自己的手掌測試劍刃的鋒銳程度，在劍刃劃過皮膚的瞬間，鮮血灑落大地。

柏莎用力吞了口口水。

第十八章　之所以不能偷瘋肚的東西

瘋肚對發言人齜潰瘍打了個手勢。

「柏莎，瘋肚聽妳說『有些人』的東西不能偷，他覺得很有趣。」齜潰瘍冷笑著說。在場所有人都驚呼一聲，努力不吸入臭氣。「他還以為『他』也算是那些人之一。」

「哎呀，瘋肚，你絕對是那些人之一。」柏莎小心翼翼地盯著六號劍，對瘋肚說。

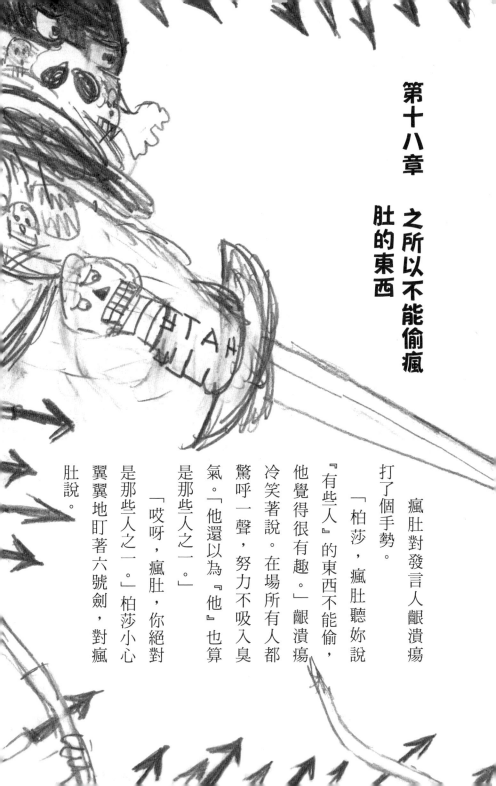

大胸柏莎是個可怕的女人，全蠻荒群島都怕她巨大的胸部和強壯的手臂，但就連那對傲人的胸部似乎也明白自己輸了，憂愁地垂下。強悍但腦子不太靈光的柏莎試著找藉口，解釋自己為何偷走瘋肚的隱龍。

齜濆瘍繼續說話。

「敢偷瘋肚所有物的人，就會被賣去醜暴徒奴隸國……或被獻祭給天空龍，嗯，反正看瘋肚的心情決定。**大胸柏莎，妳偷瘋肚的隱龍做什麼？**」

柏莎剛才試圖擋在隱龍與瘋肚中間，希望瘋肚不會注意到被偷走的龍，但隱龍看到主人時就跳了起來，跑到瘋肚身邊。

「**坐下！**」齜濆瘍下令。隱龍立刻坐在地上。

「妳看，」沒牙在暴飛飛耳邊小聲說。「我就說他是乖寶寶吧。」

「唉，真的耶。」暴飛飛嘆息一聲，失望地說。「而且他還幫壞人做事……還是『超級臭』的壞人……我真是瞎了狗眼才會喜歡他……」

「所以呢？」瘋肚撫弄戰斧的同時，齜濆瘍問道。「柏莎，妳有什麼藉口？」

大家不安地沉默不語。

小嗝嗝機智地咳嗽一聲。「呃，凶殘族長先生，」他禮貌地說。「我覺得你可能誤會了……」

凶殘瘋肚以雷霆萬鈞之勢皺眉。

「當然，如果我是你，應該也會犯下同樣的錯誤。」小嗝嗝連忙說。「但其實事情不是你想的那樣，我和我的朋友只是去傻瓜公立圖書館偷書而已，是這個人騎著隱龍追我們，偷隱龍的人應該不是大胸柏莎，而是這位**毛骨悚然圖書館員**……」

小嗝嗝指向被壓扁、倒地不起的毛骨悚然圖書館員。圖書館員還活著，正癱在石楠叢中昏睡。「……你到場時，大胸柏莎正要逮捕他。」

「太聰明了……」神楓悄聲說。「你**太聰明了**……當然，是以男生而言……」

毛骨悚然圖書館員若是聽小嗝嗝的指控，肯定會大聲抗議，不過他正躺在地上不省人事，根本說不出話來。

「所以，」小嗝嗝接著說。「你應該**感謝**大胸柏莎才對。她看到你那隻厲害的祕密武器，就立刻想到牠一定是你這位尊貴的凶殘族長的所有物——所以大胸柏莎才會幫你把圖書館員壓扁。柏莎，妳說是不是啊？」

「喔……啊……**對**。」大胸柏莎匆忙接話。「他說得完全沒錯。」

大家屏著一口氣，看凶殘瘋肚的目光從小嗝嗝移到大胸柏莎，再從大胸柏莎移到倒在地上的圖書館員，凶惡藍眸與大海同樣冰冷無情。

瘋肚若有所思地咬了咬指節，接著提起閃亮的恐怖大劍走向柏莎。柏莎勇敢地高高抬頭，因為沼澤盜賊即使面對死亡也要昂首挺胸、哈哈大笑，她直視凶殘瘋肚的眼睛，等待致命的一擊落下……

……結果，他竟然把劍**拿給**柏莎，嚇了柏莎一跳。

瘋肚彎腰對石楠叢吐一口口水，朝屬下打了個手勢，齜潰瘍湊過來聽他低哼幾聲。做完上述動作後，瘋肚不發一語地爬上隱龍的背，美麗的隱龍馬上躍上天際，在一瞬間從石楠綠變成天空藍，而後消失無蹤。

「瘋肚感謝妳幫忙逮捕偷走隱龍的笨蛋，這把劍是他給妳的謝禮。」鼴漬瘍冷笑著說。「至少，他信了你們的說法……我倒是不信，但畢竟瘋肚才是老大。**來人！**」鼴漬瘍尖叫一聲，從圖書館員腰間取走割心雙劍，將兩把劍插在自己腰帶上。

「**把這個愛睡覺的圖書館員帶去醜暴徒奴隸國！**」

幾名戰士展開

行動，其中一隻馱龍抓起圖書館員癱軟的身體，帶著他飛往西方。

毛骨悚然圖書館員要等到數小時後才會清醒，到時，他將發現自己身在醜暴徒奴隸國中心，比之前更瘦、頭痛欲裂的他將氣得七竅生煙。

親愛的讀者，請別為他擔心，毛骨悚然圖書館員是個討人厭的傢伙，過去為了在族人面前逞英雄的許多維京戰士，都被他的割心雙劍送上了英靈神殿。如果我是你，我不會太同情他。

齜潰瘍在地上吐一口口水，噁心的模樣和他家老大一模一樣。他似乎一點也不同情圖書館員。「活該，誰叫他要睡著。」他笑得像隻不懷好意的蟾蜍。「而且今天瘋肚心情很好，算他走運。柏莎，妳以後給我看著點……」他警告大胸柏莎。「如果我是妳，就再也不會偷凶殘部族的東西……下一次，妳說不定就沒那麼好運了……」

說完，凶殘戰士們爬上馱龍，只留下一股黑線鱈與臭雞蛋的硫磺味。

第十九章　小嗝嗝的生日禮物

等凶殘戰士們飛遠，柏莎才對天搖晃拳頭並大叫：「**你們這群臭呼呼的笨蛋，滾遠一點！我們沼澤盜賊才不怕你們呢！**」

「唉，」大胸柏莎嘆息。「好險！史圖依克，我必須承認，你那個跟蝦子一樣瘦巴巴的兒子看起來沒用，也不擅長偷東西，倒是很會臨機應變。」

「真是的，我的老索爾啊，他明明就**很擅長**偷東西！」史圖依克邊說邊愉快地拍拍兒子的背。「他不是去傻瓜公立圖書館偷書了嗎？小嗝嗝，書在哪裡？」

小嗝嗝默默把手伸進背包，拿出《馴龍新手指南》——第二版——遞給史圖依克。

「而且他還從妳和凶殘瘋肚那裡偷了祕密武器，以十二歲小孩來說，這已經很厲害了。而且，他還**證明**了毛流氓部族跟沼澤盜賊部族『一樣』擅長盜竊。所以，這次打賭，應該是『我』贏了……柏莎，願賭服輸，乖乖把戰斧交出來吧……」

史圖依克得意地摩擦雙手。

大胸柏莎當然**不可能**「願賭服輸」，她氣憤地挺起胸膛，鬍子一根根豎了起來，大手握成拳頭。但是，說到底柏莎是個有運動家精神、守信用的維京人，而且她差點被賣去醜暴徒奴隸國，是小嗝嗝救了她……當然，沒有人能囚禁沼澤盜賊，她到醜暴徒奴隸國之後一定有辦法**逃走**，不過即使如此，她也不怎麼想體驗奴隸生活……

她緊皺的眉頭舒展開來，大手伸向戰斧皮帶，抽出兩把最好的戰斧。柏莎用還算不錯的態度，將兩把戰斧交給史圖依克。

畢竟，她雖然失去兩把戰斧，卻得到一把華麗的劍，這世界上沒幾個人能弄到凶殘部族的劍。

「**太好了！**」偉大的史圖依克大吼。「妳要不要和我們共進晚餐？今天是小嗝嗝的生日晚宴！」

「**那當然！**」大胸柏莎興奮地摩擦雙手大聲說。她最喜歡派對了，每次有人開派對，她都玩得很開心。

「我會送他一把劍，當作生日禮物！」史圖依克大聲說。他盡可能表現得若無其事，不讓柏莎看出他為兒子今天的表現驕傲不已……不過他失敗了。「他十二歲了，又是族長的兒子……還是很厲害的盜賊……他應該佩一把好劍。」

「呃，父親，」小嗝嗝插嘴。「其實我很喜歡**現在**這把劍……如果你要給我生日禮物的話，我有更想要的東西……」

「你要什麼，儘管說！」和大胸柏莎打賭贏了的史圖依克心情大好，不經思索地說：「你要什麼？戰斧？長矛？新的龍？你儘管說，老爸送你！」

「這個嘛……」小嗝嗝緩緩地說。「既然毛骨悚然圖書館員被抓走了，我真的真的很希望你不要再禁止大家看書，讓大家去傻瓜公立圖書館借書。對了，圖書館被鑽孔龍搞得亂七八糟的，可能要想辦法處理一下。」

史圖依克憤怒地皺起眉頭。這是哪門子的生日禮物！

「**我知道**你覺得我們看《馴龍新手指南》就夠了，也知道你覺得維京人不需要書本，可是圖書館有**很多很多**書，相信你會發現，它們真的很有用。」小嗝嗝央求道。「有劍鬥術書、戰斧鬥術書、介紹龍族的書，還有裡面都是地圖的書，只要照著地圖航行，我們要去非洲、印度和美洲都不是問題……」

「你亂講，世界上沒有美洲這個地方！」史圖依克嗤之以鼻。

「我們今天差點**死**在圖書館裡，」小嗝嗝繼續說。「之所以沒死，是因為我們知道要怎麼對付毒書龍。父親，書本真的對我們有幫助，它們真的能救人一命……」

史圖依克似乎在思索什麼，他從胸前口袋拿出皺巴巴的《危險龍族指南》，那是他今天早上從小嗝嗝那裡沒收的書。

在短短十分鐘前，這本筆記本確實救了史圖依克一命。

毛骨悚然圖書館員射出箭矢時，尖銳

的箭頭沒有刺入史圖依克胸膛，而是插在「書」上，留下深深的洞。可憐的筆記本，差點被箭刺得裂成兩半了。

也許，這是索爾給他的訊息。

也許，書本沒有那麼危險。也許，它們對維京部族真的有用，史圖依克一直很想去非洲瞧瞧……

「**唔……**」偉大的史圖依克沉吟。他把《危險龍族指南》還給小嗝嗝。

史圖依克心想：**維京族長「不應該」改變心意**……他盡量用最嚴肅、最有族長氣勢的語氣說話，希望別人不會注意到他改變了心意。「呃，小嗝嗝，我真的覺得你應該把這本書重抄一次。」他一本正經地說。「你看看這東西，都破爛成這樣了。至於另外一件事……我下次在『那東西會議』提案。」

小嗝嗝粲然一笑。

偉大的史圖依克和大胸柏莎大步離開，邊熱切討論戰斧戰鬥技，還有為誰比較擅長摔角而爭執不休。

「小嗝嗝，生日快樂。」魚腳司笑著說。

「不得不承認，」神楓有點緊張地看著小嗝嗝說。「你這次生日過得很精采。」

小嗝嗝緊緊抱住他的《危險龍族指南》。

如果你四年才過一次生日，那當然要過得精采一點囉。

小嗝嗝回顧這一天，他本想安安靜靜、平平安安度過二十四小時，所以整體而

我當然比你擅長戰斧戰鬥術啦，史圖依克，你們
毛流氓部族的戰鬥技術太爛了。我敢拿我最好的
兩把劍打賭……

言今天並不如意。

他偷了凶殘瘋肚的祕密武器，砸死一頭鑽孔龍，差點被毛骨悚然圖書館員的割心劍刺死，在迷宮裡迷路，找到龍語專家之路，對付一整窩的毒書龍，救了差點被北方弓箭射死的父親，也救了差點被賣去醜暴徒奴隸國的大胸柏莎……

在蠻荒群島，這樣

的一天好像還挺正常的。

唉，雷神索爾啊……

在博克島生活就是這樣，你的生活會有點像大海，前一刻是驚濤駭浪、船難與危險龍族，下一刻卻風平浪靜，彷彿之前那些危險事件未曾發生。

太陽已經下山，越來越黑的夜空中出現一顆顆星星，平靜無波的海灣宛若明鏡，倒映了點點星光。山丘下的毛流氓村，有人點燃篝火準備小嗝嗝的生日晚宴，一陣歌聲飄了過來。

毛流氓是又醜又凶又暴力的野蠻人，歌喉卻好得驚人，低沉、動聽的歌聲隨炊煙往上飄，形成平和的合音。

小嗝嗝心滿意足地嘆息。

小嗝嗝很喜歡他的家人，但他自己和其他毛流氓族人迥然不同，有時候這真的很累人。

若不是沒牙和神楓「害」他去傻瓜公立圖書館偷書，他大概一輩子也不會發現自己有個**神祕祖先**，那個人的名字和興趣都和他一模一樣。

不知為何，一想到有人跟自己一樣，小嗝嗝就覺得沒那麼孤單了……

「嗯，」小嗝嗝說。「今天發生了這麼多事，真的是**非常棒**的生日。」

神楓高興地翻了個筋斗。

在蕨叢中螢火龍閃爍不定的微光下，小嗝嗝和好朋友魚腳司與神楓一起走向毛流氓村，前往晚宴會場。

「暴飛飛，妳要去晚、晚、晚宴嗎？」沒牙蹲在小嗝嗝頭盔上，紅著臉問。

「可能去，也可能不去。」暴飛飛漫不經心地回答。牠低空飛過沼澤，欣賞自己映在水面的倒影。「沒有龍知道暴飛飛要做什麼……」

喂！

「『沒牙』知道食物放、放、放在哪裡哦……」沒牙興奮地說。

聽到有食物，暴飛飛的黃色眼睛亮了起來。「牙齦小龍，領路吧。」牠慢悠悠地說。

兩隻小龍往村莊的方向飛

去，小嗝嗝焦慮地喊道：「沒牙，你『不可以』在宴會開始前偷食物！別忘了，今天是『你』害我們遇上這麼多麻煩……沒牙，聽話！」

暴飛飛眨了眨眼睛，漂亮的長睫毛跟著扇動。「哎呀，我們作夢也不敢偷食物或惹麻煩，你說是不是啊，沒牙？」牠回頭高喊。「緊張雀斑人類，別擔心，暴飛飛會盯著他的，你可以相信暴飛飛……」

兩隻小龍往山坡下飛，飛往安靜祥和的毛流氓村。即使在夜晚的黑暗中，小嗝嗝還是看到優雅飛翔的心情龍從金色變成紫色，再變成深深的靛青色。

我們怎麼知道龍族不曾存在？我們又沒去過黑暗時代，怎麼知道那時沒有龍。

最後的維京英雄——小嗝嗝・何倫德斯・黑線鱈三世——的後記

這，就是我在十二歲生日那天「解放」傻瓜公立圖書館的故事。

我父親遵守了他的承諾，下一次「那東西會議」時熱情地告訴大家，書本其實不危險，反而能幫助維京各部族。多虧父親的影響力，圖書館終於對外開放，鑽孔龍也不准在城堡裡亂跑、亂吃東西了。

在那之後，我在圖書館度過無數個愉快的鐘頭，我喜歡在寧靜的走廊上散步，每打開一本書，就彷彿開啟通往別的時間、別的世界的大門，讓我想到當初發現龍語專家之路的瞬間……

我長大後不只成為英雄，還成了作家，重謄《危險龍族指南》時，我多加了一些關於危險龍品種的介紹，還有實用的龍語辭典，以及這本書誕生的前因後果——

——也就是你現在拿在手裡的這本書。

這本書是去圖書館借的嗎？

如果是，那你得感謝索爾保佑，至少你的圖書館沒有拿著割心劍、躲在暗處等著來砍你的毛骨悚然圖

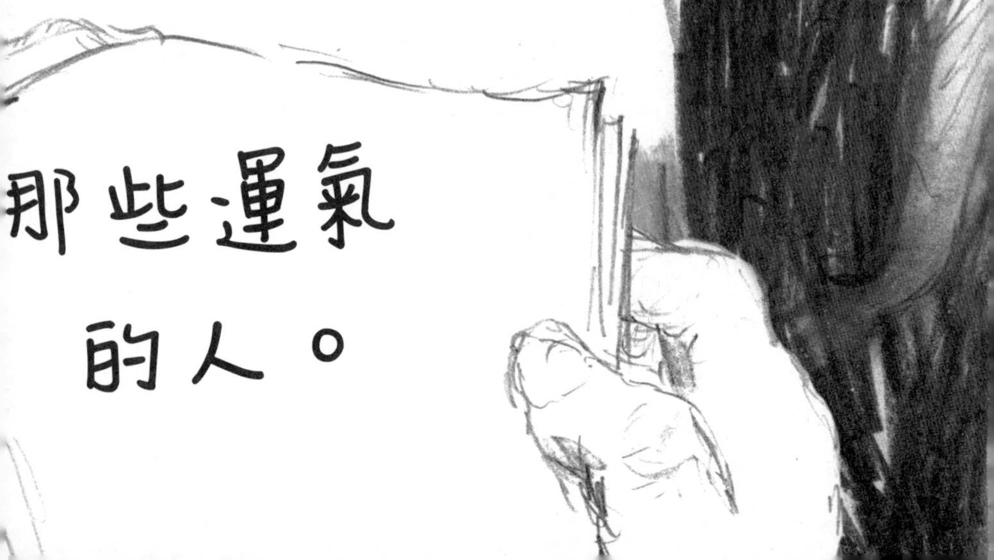

書館員，也沒有鼻鑽高速旋轉，等著來處罰好奇心過剩的你。

親愛的讀者，我相信你**無法想像**一個禁止看書的世界。

未來不可能發生這種事吧？

你要感謝索爾，因為你生在一個人人能自由生活、思索、寫作與閱讀的國度，一個和平的年代，不再需要英雄……

然後，別忘了那些運氣比較差的人。

龍族檔案

臭龍的自保方式和臭鼬很像，如果被打擾或是覺得危險，他們會張開嘴巴噴出帶有惡臭的霧氣，讓你全身沾滿臭味。要是被臭龍噴到，接下來一個多星期都不會有人想接近你，剛開始四十八小時，臭味甚至可怕到別人就算想接近你，身體也很難配合靠過來。

小臭龍有點難過，因為沒有人想跟他作朋友

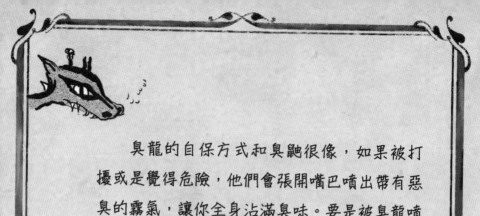

臭龍

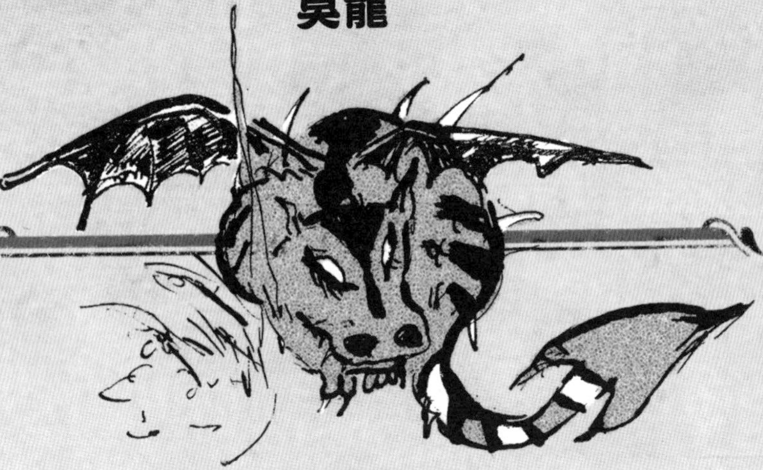

統計資料

顏色：很俗麗的橘色，還有粗黑條紋

武器：噁心到令人倒地不起的惡臭。

恐怖：其實沒有人怕臭龍，畢竟不僅沒有殺傷力，也沒有人敢招惹他們⋯⋯⋯⋯4

攻擊：⋯⋯⋯⋯⋯⋯7

速度：⋯⋯⋯⋯⋯⋯3

體型：⋯⋯⋯⋯⋯⋯3

叛逆：⋯⋯⋯⋯⋯⋯8

很遺憾，臭龍會把蛋產在一坨熱騰騰、臭呼呼的龍大便上。

心情龍生氣時會變色。請注意，這隻心情龍除了變色，還氣得稍微鼓起來了。

心情龍會隨著心情變色，生氣時變成墨藍色，興奮時變成橘粉紅，緊張時變成淺綠色。心情龍的體型有大有小，小的可能和西班牙獵犬差不多小，大的可能和母獅一樣大。

氣瘋了的心情龍

心情龍

統計資料

顏色：不停變幻

武器：偽裝術，還有尋常的利爪與龍火。

恐怖：……………4

攻擊：……………6

速度：……………10

體型：……………3

叛逆：……………7

心情龍巢裡有四顆蛋，一顆高興，一顆傷心，一顆害羞，還有一顆超級憤怒。

鑽孔龍蛋刺刺的，不過母鑽孔龍
的屁股皮粗肉厚，
所以沒關係。

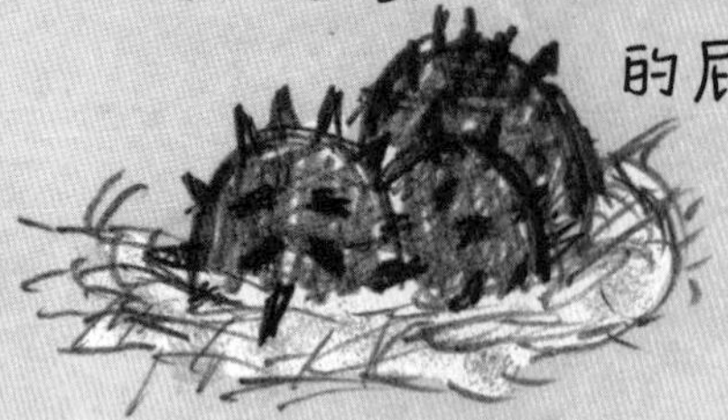

鑽孔龍鼻子上有類似鑽頭的構造，能快速旋轉，在木頭上打洞和在水面打洞一樣輕鬆。維京人常把鑽孔龍用來當守衛龍。

鑽孔龍寶寶砍了龍生第一
棵樹，非常得意。

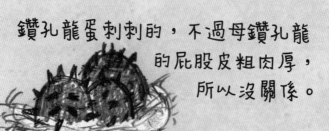

鑽孔龍

統計資料

顏色：黑色

武器：會高速旋轉的恐怖鼻鑽，還有尖牙利爪。

恐怖：……………8

攻擊：……………9

速度：……………6

體型：……………6

叛逆：……………6

杜鵑龍

統計資料

顏色：水藍色或藍綠色

武器：沒什麼特殊的武器，不過杜鵑龍特別聰明、特別狡猾。

恐怖：……………………3

攻擊：……………………2

速度：……………………4

體型：……………………6

叛逆：……………………5

杜鵑龍會在鳥巢裡下蛋，讓鳥類將越長越大、越長越壯的龍寶寶當自己的雛鳥養大……

火紅癢龍

統計資料

顏色：鮮豔的辣椒紅

武器：咬人和螫人，被他們咬比被大黃蜂螫傷還痛很多很多。

恐怖：……………4

攻擊：……………4

速度：……………5

體型：……………8

叛逆：……………3

顧名思義，火紅癢龍摸起來熱熱辣辣的。他們會吸血，所以會成群鑽進人類的衣服，在你身上爬來爬去一直咬你，被他們攻擊比螞蟻爬進你褲子恐怖無數倍。

嗅龍寶寶在玩嗅迷藏，
一隻龍寶寶躲在維京人
的涼鞋裡。

嗅龍有毛茸茸且十分靈敏的大鼻子，他們在過去數百年適應了凶殘部族的臭味，所以整天和凶殘部族待在一起也沒關係。

嗅龍很溫馴，會在相遇時皺起鼻子。他們很適合當家庭寵物，也能當人類的好朋友。

老樹根裡有一窩小嗅龍

嗅龍

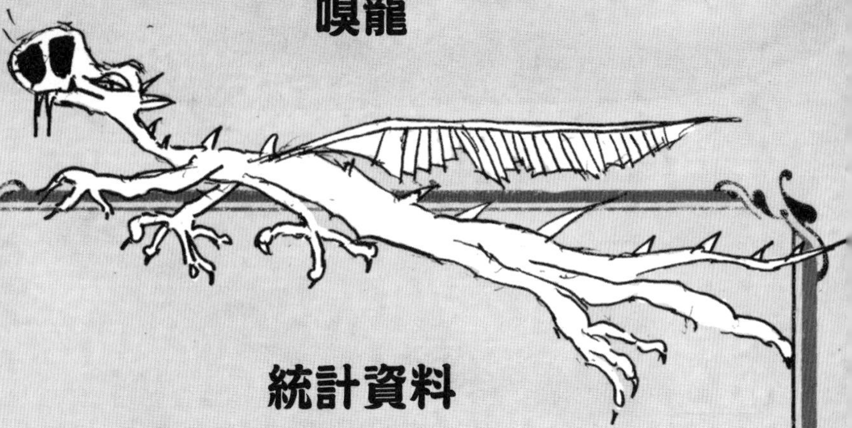

統計資料

顏色：淺藍色

武器：大鼻子。

恐怖：嗅龍不太會打鬥，比較像獵犬。凶殘部族會用嗅龍追蹤敵人……………………3

攻擊：…………………………………………6

速度：…………………………………………4

體型：…………………………………………4

叛逆：…………………………………………1

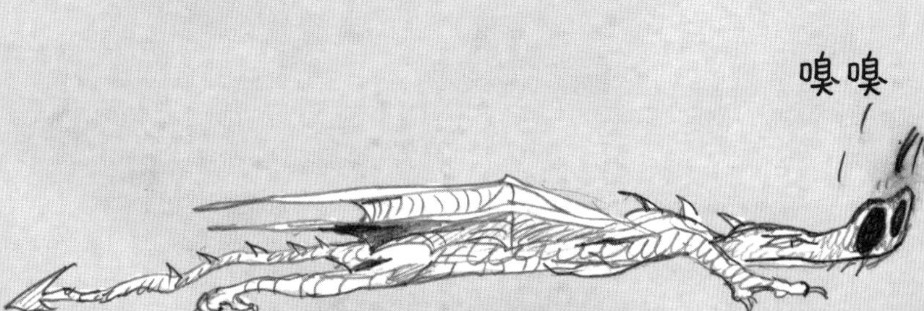

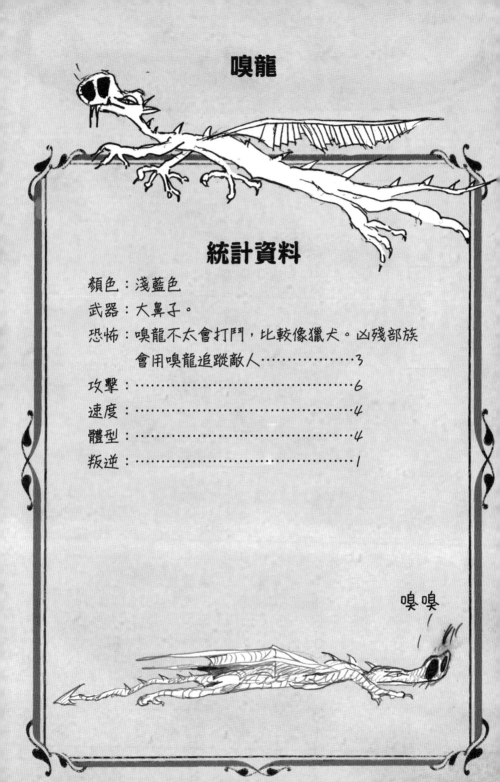

螢火龍

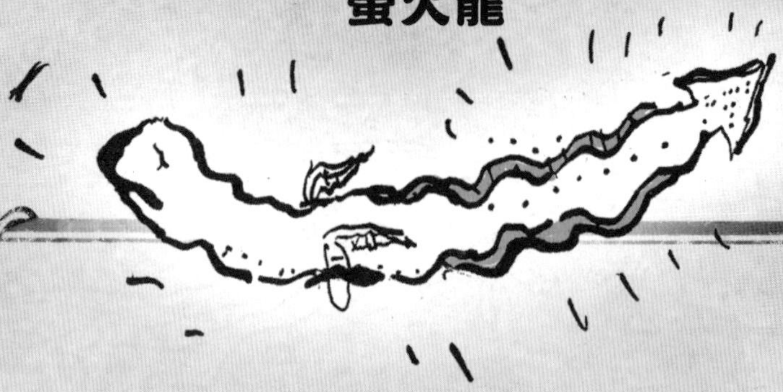

統計資料

顏色：白天是灰色，晚上會發光
恐怖：………………0
攻擊：………………0
速度：………………0
體型：………………0
叛逆：………………2

螢火龍這種小生物長得像蚯蚓，但在沒有月光的夜晚或在山洞中，你可以用螢火龍照明，維京人甚至會把他們放在燈籠裡。

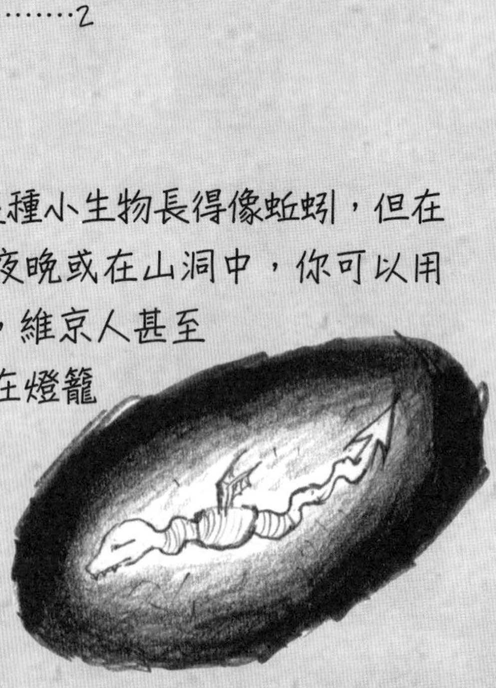

電蠕龍

統計資料

顏色：透明

武器：電擊

恐怖：··················4

攻擊：··················6

速度：··················5

體型：··················1

叛逆：··················3

這種奈米龍不會主動攻擊人，可是碰到他們時會被狠狠電一下（不會電死）。他們和螢火龍是近親，如果沒有火把或蠟燭，可以用電蠕龍照明。

蠻荒群島的森林裡到處都是這種可愛的小龍。短翅松鼠蛇龍生性活潑吵鬧，長長的尾巴尾端有鉤狀構造，幫助他們抓緊樹枝盪來盪去。顧名思義，短翅松鼠蛇龍短短的翅膀已經退化，幾乎飛不起來了，只能用作在樹木間滑翔。和啄木鳥一樣，他們會在樹幹的洞裡築巢。

小小的豬鼻子，
還有幾乎沒有用
處的短翅膀

短翅松鼠蛇龍

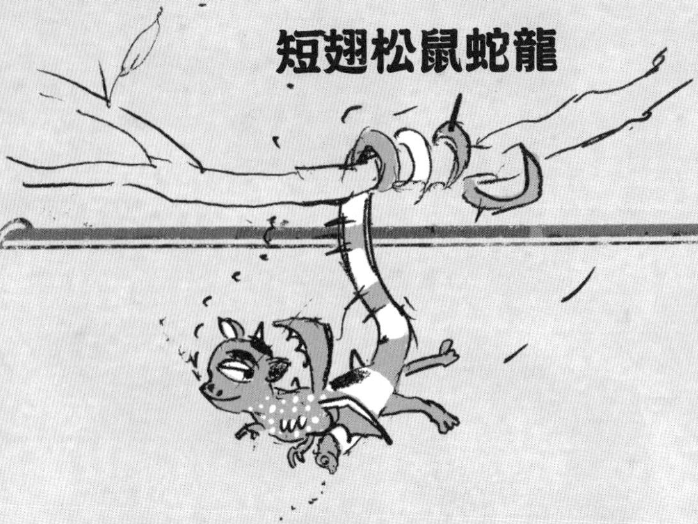

統計資料

顏色：綠色、棕色、灰色與白色。背上有條紋，腹部有斑點

武器：普通的利爪與龍火。

恐怖：他們唯一恐怖的地方，就是常在狩獵時不小心點燃樹木，引發森林大火。他們會發出特殊的叫聲，召喚其他短翅松鼠蛇龍來幫忙用有防火功能的翅膀滅火……………3

攻擊：……………2

速度：……………8

體型：……………3

叛逆：……………8

隱龍

統計資料

顏色：不停變幻

武器：能發射飛彈、會爆炸的熱燙液體，還有指雷。

恐怖：……………………8

攻擊：……………………9

速度：……………………9

體型：……………………8

叛逆：……………………5

不好意思，我們無法描繪出隱龍，因為他們的偽裝能力太強了，你幾乎看不到他們。如果想在不被發現的情況下偷偷接近敵人，隱龍絕對能派上用場。

吸血龍

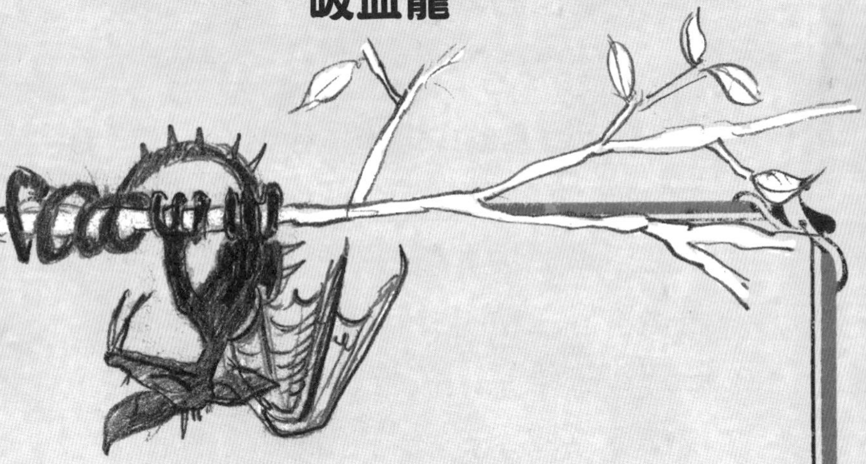

統計資料

顏色：黑色、深灰色、午夜藍

武器：尖銳的獠牙，還有吸力極強的嘴巴。

恐怖：……………7

攻擊：……………7

速度：……………4

體型：……………2

叛逆：……………9

夜行性的吸血龍會攻擊馴鹿、綿羊等大型哺乳動物，甚至是人類。單獨一隻吸血龍無法殺死獵物，但被一整群吸血龍攻擊的動物很有可能死亡。他們會先麻醉獵物的皮膚，再咬下去吸血，因此獵物被攻擊時不會突然醒過來。

蠻荒群島的沼澤與流沙深處，有「什麼東西」緩緩甦醒了。不夠謹慎的維京人在海灘上撿貝類，沙裡可能會突然冒出不停扭動的噁心觸手，抓住他的腳踝……維京人被拖到地面下的同時，沙地「咕嚕」一聲打了個嗝，再也沒有人看到那個維京人了。土嘶牙龍行凶得逞。嘶牙龍是非常巨大的地底生物，他們像大得噁心的蚯蚓般住在地底下，過去有數千個維京人、沼龍與生活在石楠叢中的龍族離奇失蹤，都是拜他們所賜。

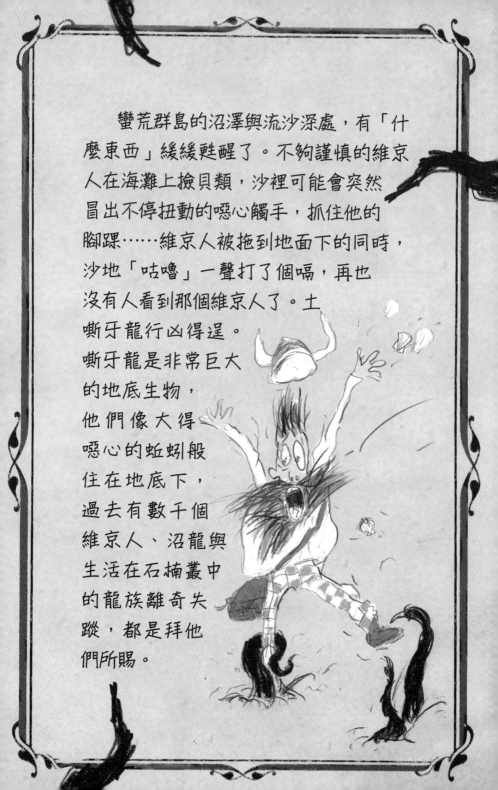

土嘶牙龍

統計資料

顏色：棕色、灰色與粉紅色。他們和絞龍是近親，身上都覆滿噁心的黏液。

武器：嘶牙龍會把獵物拖到地底下，等獵物窒息後吃乾抹淨。

恐怖：一旦被嘶牙龍抓住腳踝，你就死定了……………………10

防禦：小型嘶牙龍有時候會被巨無霸海龍等大動物攻擊，海龍會抓住他們的觸手，拔蚯蚓似地把他們從土裡拔出來，不過大多數嘶牙龍的洞穴都挖得很深，沒有龍能抓到他們……………………9

速度：快得嚇人……………………10

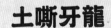

龍語辭典

龍語辭典

because	因為	啪嘶
bed	床	睡扳
bedroom	臥房	打呼處
bee	蜜蜂	嗡嗡
beer/mead	啤酒 / 蜂蜜酒	笑汁 蠢汁 晃汁
belch/burp	打嗝	口屁
bet	打賭	賭啦
better	比較好	精神
big	大	巨
bird	鳥	歌啃
biscuit	餅乾	點心
bite someone on the bottom	咬人屁股	好吃好吃在屁屁
bite someone on the finger	咬人手指	好吃好吃在拇拇
bite someone on the stomach	咬人肚子	好吃好吃在肚肚
bits	小碎屑	小東東
blanket	毛毯	窩物
blood	血	流汁 紅汁

龍語辭典

A

a	一個	一
a little	一點	小
a lot	很多	多
again	再一次	一再時
agony	痛苦	拔牙痛痛
all right	好吧	喔好
am	是	是
and	還有	加
anyway	反正	啊呀
are	是	是
armour	盔甲	擠汁保護
autumn	秋天	葉落
axe	斧頭	砍物

B

bad mood	心情不好	雷朵是轟轟
beach	海灘	乾地

龍語辭典

catch	抓	抓
ceiling	天花板	空氣頂
chair	椅子	屁屁撐
chase	追	追
cheese	起司	哞塊
chimney	煙囪	烤處
chocolate	巧克力	巧美
choose	選擇	選
clever	機智	快聰明
cloak	斗篷	旋圈
close	關	啪
cloud	雲	溼團
cold	冷	抖抖
cosy	舒服	暖滾滾
cow	牛	角奶 奶垂 哞啃
crabs	螃蟹	爬捏
crackling	劈啪聲	劈啪劈啪
crawl	爬	爬
cucumber	小黃瓜	綠漢堡

龍語辭典

bog	沼澤	跑陷
bogeys	鼻屎	吸鼻泥
bone	骨頭	白枝
bottom	屁股	屁屁股 雙多多
bow and arrow	弓箭	撥撥加叉
brave	勇敢	欠聰明（直譯：愚蠢）
breakfast	早餐	早啃
burgle	盜竊	摸
burrow	洞穴	家
burrow, to	挖洞	挖挖
burst into tears	哭	要小妹妹哭哭

C

can	可以	可
can I?	我可以嗎？	我可？
carry	帶	帶
carrots (and all kinds of veg.)	紅蘿蔔（還有其他蔬菜）	打呼啃
cat	貓	喵啦 喵喵

龍語辭典

E

ears	耳朵	聽尖物
earth	土地／泥土	嗝吱小東東
eat	吃	吃吃 口呑 啃啃 呑
enemies	敵人	尿人
eyes	眼睛	眼

F

far	遠	星遠
farts	屁	屁屁爆 屁股雷 臭臭風
fat	胖	晃肉 果凍肚
favourite	最喜歡	捧捧

龍語辭典

D

dad	爸爸	把拔
dagger	匕首	刺物
dance	跳舞	跳跳
day	白天 / 日子	天
death	死亡	大作夢時
deer	鹿	刺刺堡
definitely	絕對	雙雙
delicious	美味	啃美
dipped	沾	淹醬
disgusting/revolting	噁心	噁噁
disgusting, really	真的很噁心	雙噁噁
do not care	不管	不打嗝
dog	狗	笨汪
don't	別	不
don't like	不喜歡	不喜歡
door	門	砰物
down	下	鼴鼠路
dragon	龍	綠爪 綠血
drink	喝	咕嚕

give	給	給
glass	玻璃	看穿
goodbye	再見	掰啦
grass	草	綠東東
greedy	貪心	多啃
gross	噁心	嗯嗯
guy	傢伙	尿人

H

haddock	黑線鱈	臭魚
hair	頭髮	吞噎
hands	手	伸物
happy	快樂	笑嘿
harbour	港口	地勺
have	有	有
he	他	他
head	頭	腦盒 頭殼 謎物
headache	頭痛	腦盒痛痛
hear	聽	耳窩 耳尖

龍語辭典

feather	羽毛	飛軟
feet	腳	跑物
fern	蕨類	走刮
fetch	拿	抓
fire	火	暖跳跳 烤劈啪
fire, to set	點火	閃閃火
fish	魚	鹽游
fit/put	放 / 裝	坐
floor	地板	裝塵物
flower	花	嗡嗡啃
fly	飛	啪答啪答
follow	跟隨	兩步
food	食物	吃吃
footsteps	腳步	慢動啵
for	為 / 因為	為
forget	忘記	抹出
fork	叉子	戳物
friend	朋友	友友

G

ghost	鬼	作夢時傢伙

I do like it	我喜歡	窩喜歡
in	在	在
in this	在裡面	在這
insects	昆蟲	亂跑
inside	裡面	在裡
islands	島嶼	乾小東東
is not	不是	不是
it's not	這不是	不是

J

jacket	外套	食暖物
joking	開玩笑	搔癢

K

kind	善良	好心
kiss	親吻	交換噁噁嘴脣汁
kitchen	廚房	啃處
knees	膝蓋	咖咖
knife	刀子	切物

龍語辭典

heart	心臟	汁擠
heather	石楠	紫東東
hello	哈囉	逆做什那
helmet	頭盔	謎保護
here	這裡	這
honey	蜂蜜	嗡嗡汁
horse	馬	嘶啃
hot dogs/ sausages	熱狗 / 香腸	暖汪（其實是鹿肉做的）
house	房子	屋 沒翅家
how?	怎麼？	怎？
how do you do?	近來可好？	做好？
hug	擁抱	噁肚肚擠
human beings	人類	沒翅陸囚 沒腦 無天土挖
hungry	餓	肚肚尖叫
hunting	狩獵	刺東東

I

I	我	裔

龍語辭典

M

marsh	沼澤	流物
master	主人	大叫胖
mean	凶	蛇咬
meet	見面	招呼
middle	中間	中間
milk	牛奶	哞汁
moon	月亮	暗眼（直譯：黑暗的眼睛）
more than	多於	重重
mother	母親	馬痲
mouse	老鼠	吱吱點心
mouth	嘴巴	口
my	我的	窩 我
myself	我自己	窩自己

N

name	名字	叫名

know	知道	小知

L

laugh	笑	要嘻嘻哈哈
last time	上次	過去時
lead	帶領	第一步
legs	腿	走物
legs hurting	腿痛	腳丫痛痛
less than	少於	加小
lesson	上課	打呼物
lie	說謊	綠血話
like	像	像
liked	喜歡	喜歡
little	小	小 微
live	活／住	折折（直譯：折）
lobsters	龍蝦	前捏
look	看	眼眼
lose	遺失	留後
loud	大聲	強音
love	愛	呃還好啦
lucky	幸運	雙六

龍語辭典

P Q

paper	紙	寫子
pen	筆	刮寫子
pig	豬	咿唷
plate	盤子	砰咚物
please	請	嗶咻
pleased	高興	跳跳叫叫
poisonous	有毒	肚肚痛痛 肚肚滾滾
poo	糞便	喀喀
pooing	大便（動詞）	嗯嗯
porridge	麥片粥	醜泥
pyjamas	睡衣	軟軟衣

R

rabbit	兔子	野茸茸
rain	雨	藍漏 雷男滴答（直譯：索爾的眼淚）

龍語辭典

nanodragons	奈米龍	小蟲叮
nest	巢	家
next door	隔壁	隔房
night	夜晚	打呼時間
no	不	不
no problem	沒問題	簡簡單單擰檬擠擠
nobody	小人物	永無男
nose	鼻子	吸鼻
not	不是	不是
not at all	完全不是	小梅子

O

ocean	海洋	溼世界
OK	好喔	喔好
old/wrinkly	老／皺	碎碎
once	一次／一度	一時
or	或	或
out	出去	出
oysters	牡蠣	鹽東東

龍語辭典

shout	大喊	吼話
shy	害羞	嘘紅
sick	生病	週雜草 肚肚滾滾
sit	坐下	坐屁屁
sky	天空	藍頂
sleep	睡覺	閉眼
sleeping	沉睡	打呼中
smell	聞	嗅
smile	微笑	捲口
sneaky	偷偷摸摸	爪尖
sneeze	打噴嚏	噴腦黏黏
snot	鼻涕	腦黏黏
snow	雪	奧丁頭皮屑
so	很	特
spear	長矛	刺塞
spit	吐	吐
splat	啪答	砰嘩
spoon	湯匙	挖物
spring	春天	溼溼
start	開始	走走
starvation	飢餓	口沙漠
steal	偷竊	換東東
stinks	臭	噁嗅

龍語辭典

remember	記得	重吐
right	對	就
right now	現在	劈啪
romans	羅馬人	沒毛沒腦
room	房間	髒屋
rug	地毯	抹
rumbling	咕嚕聲	大咕嚕
run	跑	快動

S

saucepan	平底鍋	啃滾
scratch	抓傷	紅摸摸
scream	尖叫	尖叫叫
scrummy	好吃	好吃好吃肚肚
sea	海洋	溼溼
see	看	眼眼 瞧瞧
sheep	綿羊	笨綿
shells	貝殼	咕溜盒
ship/sail	船 / 船帆	吹捕物
shoe	鞋子	跑盒

龍語辭典

thank you	謝謝	謝你
that	那個	那
that bad	那麼壞	特特
that way	往那邊	往那
the	這個	這
there	那裡	那
thirsty	口渴	乾咕嚕
this way	往這邊	往這
Thor	索爾	雷男
three years old	三歲	啪三結冰
threw up/sick	嘔吐	吐出來
throat	喉嚨	吞
throw	丟	砰嘎
time	時間	滴答
tiptoe	踮腳尖	噓步
tired	累	準備打呼
toilet	馬桶	嗯處
tongue	舌頭	叉話物
too	也	也
tree	樹	{藍刮物 葉東東
tummy	肚子	食洗
tummyache	肚子痛	食洗痛痛

stomach	胃	食洗
stone	石頭	沙沙小東東 地做
stormclouds	雷雨雲	雷朵
stream	小溪	溼劈啪
stupid	笨	欠聰明
summer	夏天	沸滾
sun	太陽	世界熱
sunshine	陽光	亮閃
swim	游泳	溼啪答
sword	劍	閃刺物

T

table	桌子	啃放物 啃撐
tail	尾巴	叉晃物
take	拿取	取
talons/toenails	爪子 / 腳趾甲	刮物
tantrum, to have a	鬧脾氣	要晃晃尖叫
temper, to lose your	生氣	要跳跳叫叫 要嘶嘶叫 要尖叫狂

龍語辭典

water	水	咕嚕啪
wave	海浪	滏滏皺
what?	什麼？	什？
when?	什麼時候？	什時？
where?	哪裡？	哪拉？
which?	哪個？	哪嘍？
whisper	耳語	噓話
who?	誰？	誰？
whose?	誰的？	誰的？
why?	為什麼？	問？
wind	風	索爾朵
window	窗戶	空氣方
wings	翅膀	啪答啪答 翔物
winkles	蛾螺	鼻涕嚼
winter	冬天	結冰
with	和	和
worms	蚯蚓	咕溜

XYZ

yes	對	是

龍語辭典

U

up	上	神路

V

vegetables	蔬菜	打呼啃
vengeful	復仇心重	陰森重
very	很	大時 大桶
viking	維京	毛沒腦

W

wake up	醒來	眼不閉
walk	走路	慢動
want	要	需 要
was	曾是	是

龍語辭典

五	伍
六	坴
七	柒
八	仈
九	仇
十	什
十一	一爾
十二	仁爾
十三	仨爾
十四	駟嘶
十五	伍嘶
十六	坴嘶
十七	柒嘶
十八	仈嘶
十九	仇嘶
二十	仁米
二十一	仁米一
二十二	仁米仁
二十三	仁米仨
二十四	仁米駟
二十五	仁米伍
二十六	仁米坴
二十七	仁米柒
二十八	仁米仈

龍語辭典

you	你	逆你

顏色

黑色	烏賊墨
藍色	海天
綠色	葉葉
紫色	紫嘶
紅色	緋 瑰 紅
白色	白
黃色	奶油色

數字

用龍語算數

一	一
二	仁
三	仨
四	駟

龍語辭典

二十九	仁米仇
三十	仨米
四十	駟題
五十	伍非
六十	坴奇
七十	柒奇
八十	仈奇
九十	仇尼
一百	一想
一百零一	一想加一
一千	一驚
十萬	一想驚
一百萬	一異
一億	一想異
無數	一疑
數不盡	一頭昏腦脹疑
你能想到的最大數字，再加一	一狡猾炸腦盒疑加一

跟沒牙對話

窩折在這葉東東
我住在這棵樹上

窩折在野茸茸家
我住在這個兔子窩裡
（窩吃吃野茸茸）
（我把兔子吃掉了）

窩折和窩友友小嗝嗝
我跟我朋友小嗝嗝住在一起

他喔好，以一沒腦
以人類來說，他算不錯了

他不噁嗅特特
他沒有「那麼」臭

不像尿人鼻涕粗
不像那個討厭的鼻涕粗

認識新朋友……

逆做什那

哈囉

窩叫名沒牙，做好？

你好，我的名字叫沒牙。

什叫名？

你叫什麼名字？

多碎碎逆？

你幾歲？（直譯：你有多皺？）

窩是碎碎啪仨結冰

我三歲

哪折啪答啪答？

你住哪裡？（直譯：你在哪裡折翅膀？）

窩小知，啪嘶窩坐
一那窩自己

我之所以知道，是因為我自己把一條塞進去過

他打呼中

他那時候在睡覺

可他眼不閉劈啪

可是他醒過來了

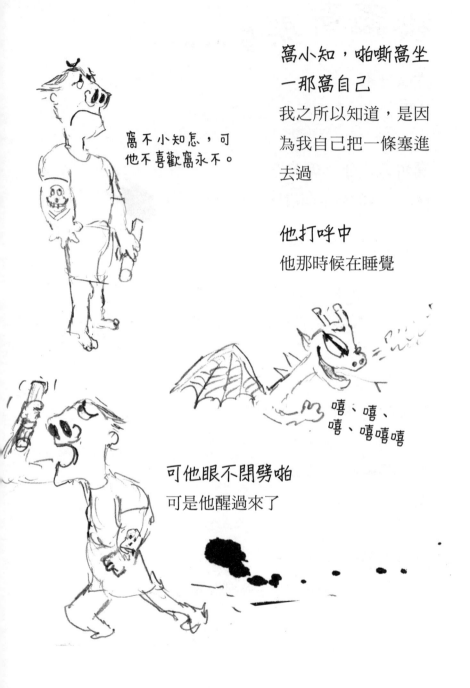

他噁嗅加加一伍陽碎碎臭魚，淹醬在喀喀葛倫科

他聞起來比放了五天又沾了大便的黑線鱈還要臭

窩不是搔癢

我沒在開玩笑

過去時窩招呼嘶，噁嗅是特油尿，是近吐出來

我上次遇到的他的時候，他臭到害我差點吐了

加，你眼眼那嗅物那尿人？

而且，你有沒有看過那傢伙的鼻子？

那嗅物是特巨，你可坐一綠漢堡上那

他的鼻子大到能塞下一整條小黃瓜

他要跳跳叫叫
他不是很高興

窩不小知怎，可他不喜歡窩永不
我也不知道為什麼，他就是不喜歡我。

嘻、嘻、嘻、嘻、嘻、嘻、嘻嘻嘻嘻嘻嘻
哈哈哈

窩不打嗝
我才不管咧

生病的時候……

喔喔喔喔，硬尖雷男

喔喔喔喔，索爾的指甲啊

沒牙有腦盒痛痛

我頭痛

或是，

沒牙有腳丫痛痛

我的腿很痛

最常聽到的說法是：

沒牙有食洗痛痛

我肚子痛

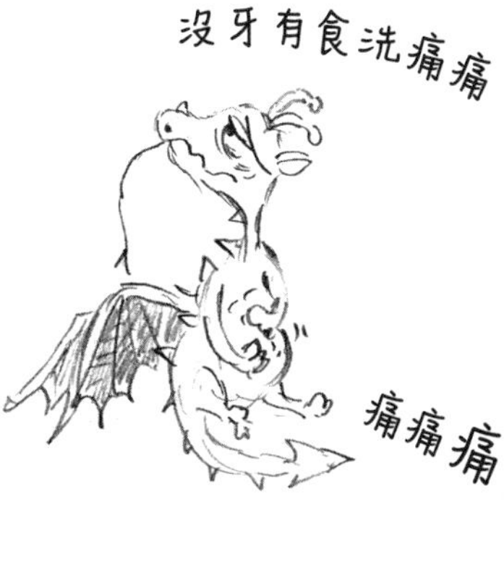

在雷男滴答

在雨中（直譯：索爾的眼淚）

加抖抖

而且很冷

是啪嘶窩是大作夢時

是因為我快死了

沒牙作夢時加永無男是打嗝

我要死了，而且沒有人關心我

窩食洗是週雜草大桶

我的肚子真的病得非常非常嚴重

（停頓）

窩嗅早啃？

我好像聞到早餐了？

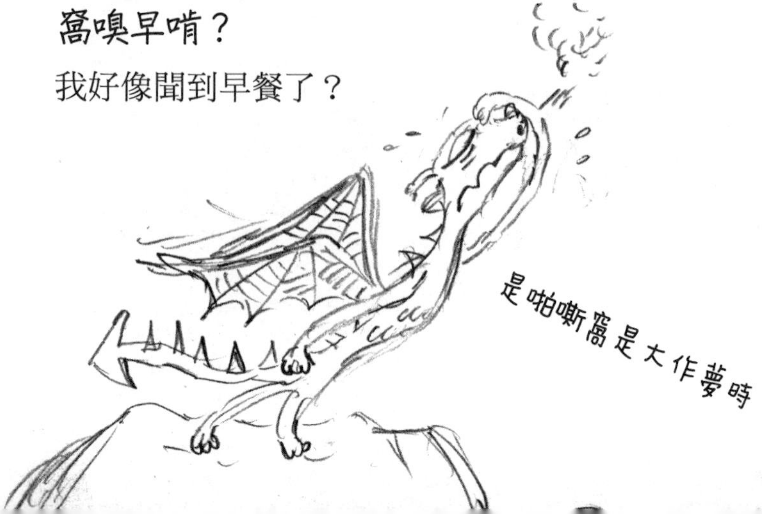

窩不搔癢

我沒在開玩笑

是拔牙痛痛

超級痛

不是啪嘶窩不喜歡上出睡板

不是因為我不想起床

不是啪嘶是暖滾滾在睡板

不是因為被窩裡暖暖的很舒服

不是啪嘶窩不喜歡出在溼世界刺東東鹽游在刺東東打呼物，為晃肉戈伯口屁

不是因為我不想去上狩獵課，為大胖子打嗝戈伯抓魚

和一擠血地做
心臟是石頭做的

加你可滴答大補時你難過微綠血是作夢時困口沙漠加食洗痛痛
而且你可憐的小龍肚子餓又肚子痛到死翹翹的時候，你一定會後悔

可雙六為你，窩是微精神
可是你運氣很好，我感覺稍微好一點了
（奇蹟似地從床上飛起來）

可窩有嗡嗡汁和窩鹽東東？
我可以吃牡蠣配蜂蜜嗎？

喔喔喔喔喔喔，暖汪加鹽東東是沒牙捧捧

喔喔喔喔喔喔，沒牙**最喜歡**吃香腸和牡蠣了

窩有大桶肚肚尖叫，窩可好吃好吃角奶

我超級餓，餓到能把一整頭牛吃掉

肚肚尖叫……加作夢時

很餓……**而且**快死了

沒牙有早啃在睡扳？

我可以在床上吃早餐嗎？

怎不？

為什麼不行？

你是蛇咬大叫胖

你是壞主人

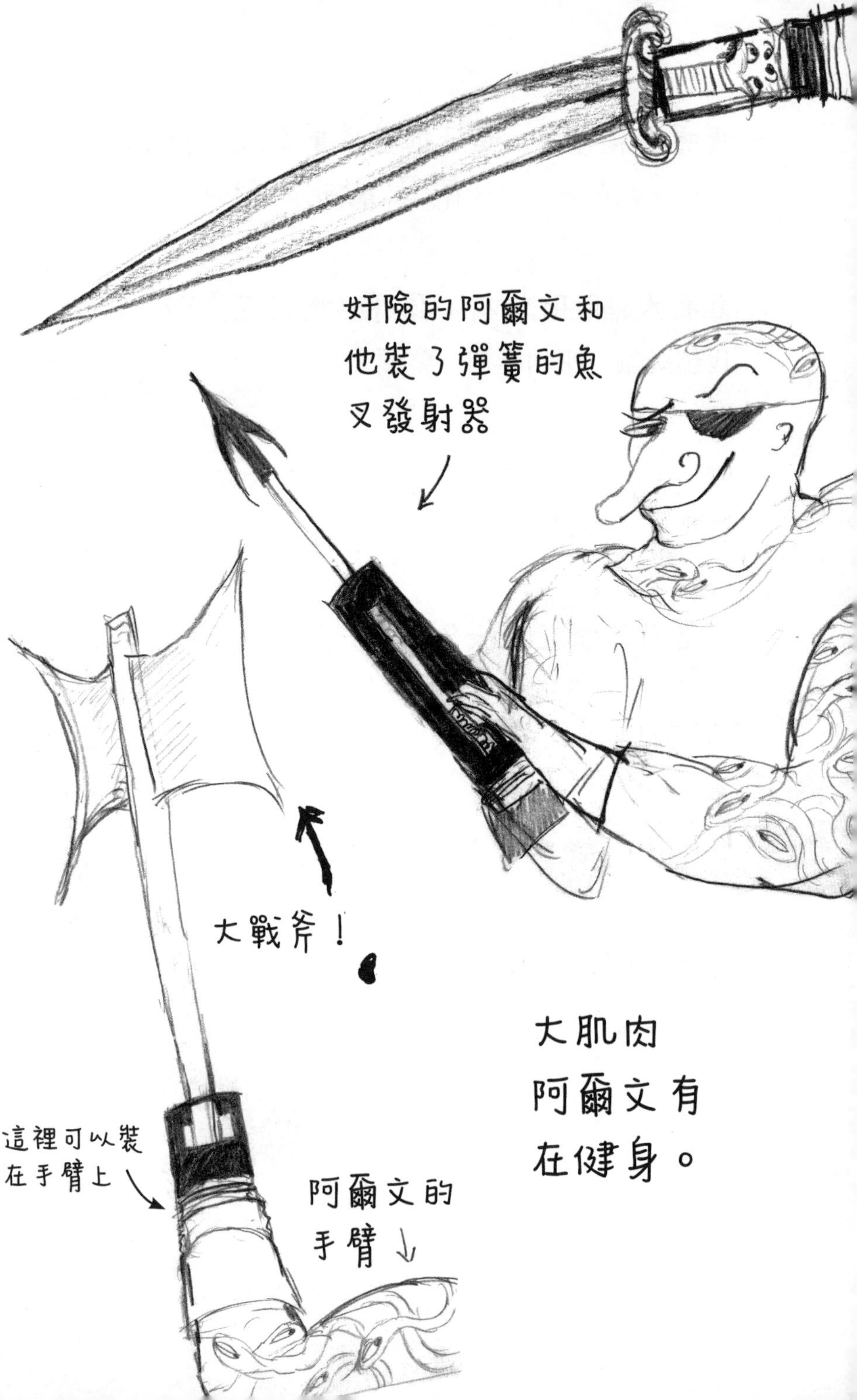
奸險的阿爾文和
他裝了彈簧的魚
叉發射器
大戰斧！
大肌肉
阿爾文有
在健身。
這裡可以裝
在手臂上
阿爾文的
手臂

小嗝嗝的宿敵是

奸險的
阿爾文

流放者部族的前任族長

這些年來，阿爾文的貪婪與壞心眼讓他失去越來越多身體部位。

他的手臂被恐怖陰森鬚砍斷，全身的毛髮在恐絞龍胃液的作用下掉光了。

上次，他在和鯊龍搏鬥時不幸失去了一顆眼睛和一條腿……

再這樣下去，過不久他將什麼都不剩。

不久前，一頭火焰龍把阿爾文吞下肚之後，潛到火山深處……就連**阿爾文**也不可能活著回來吧？

敬請期待小嗝嗝的下一本回憶錄：《馴龍高手VII：巨魔龍與奴隸船》

奇炫館

馴龍高手VI：危險龍族指南

（原名：A hero's guide to deadly dragons）

著　　者／克瑞希達・科威爾（Cressida Cowell）
封面
內頁插畫／克瑞希達・科威爾（Cressida Cowell）
發 行 人／黃鎮隆
副總經理／陳君平
總 編 輯／洪琇菁
執行編輯／許晶翎

譯　　者／朱崇旻
美術編輯／陳聖義
企劃宣傳／邱小祐、劉宜蓉
國際版權／黃令歡
文字校對／施亞蒨
內文排版／謝青秀

出　　版／城邦文化事業股份有限公司 尖端出版
台北市中山區民生東路二段一四一號十樓
電話：（〇二）二五〇〇—七六〇〇
傳真：（〇二）二五〇〇—二六八三
E-mail：7novels@mail2.spp.com.tw

發　　行／英屬蓋曼群島商家庭傳媒股份有限公司城邦分公司 尖端出版
台北市中山區民生東路二段一四一號十樓
電話：（〇二）二五〇〇—七六〇〇（代表號）
傳真：（〇二）二五〇〇—一九七九

中彰投以北經銷／楨彥有限公司（含宜花東）
電話：（〇二）八九一九—三三六九
傳真：（〇二）八九一四—五五二四

雲嘉經銷／威信圖書有限公司 嘉義公司
電話：（〇五）二三三—三八五二
傳真：（〇二）二三三—三八六三
客服專線：〇八〇〇—〇二八—〇二八

南部經銷／威信圖書有限公司 高雄公司
電話：（〇七）三七三—〇〇七九
傳真：（〇七）三七三—〇〇八七

香港經銷／城邦（香港）出版集團有限公司
香港灣仔駱克道一九三號東超商業中心1樓
電話：（八五二）二五〇八—六二三一
傳真：（八五二）二五七八—九三三七
E-mail：hkcite@biznetvigator.com

新馬經銷／城邦（馬新）出版集團Cite（M）Sdn. Bhd.
E-mail：cite@cite.com.my

法律顧問／王子文律師 元禾法律事務所
台北市羅斯福路三段三十七號十五樓

二〇一九年六月初版一刷

■中文版■

郵購注意事項：
1. 填妥劃撥單資料：帳號：50003021戶名：英屬蓋曼群島商家庭傳媒(股)公司城邦分公司。2. 通信欄內註明訂購書名與冊數。3. 劃撥金額低於500元，請加附掛號郵資50元。如劃撥日起 10～14日，仍未收到書時，請洽劃撥組。劃撥專線TEL：(03)312-4212 ・ FAX：(03)322-4621。E-mail：marketing@spp.com.tw

國家圖書館出版品預行編目資料

驯龍高手VI：危險龍族指南 / 克瑞希達．科威爾（Cressida Cowell）作；朱崇旻譯. -- 1版. -- [臺北市]： 尖端出版, 2019. 6
冊；　公分
譯自：A hero's guide to deadly dragons
ISBN 978-957-10-8572-2（平裝）

873.59　　108005715